내 인생의 스포트라이트

내 인생의 스포트라이트

정명섭·조경아·천지윤·최하나 지음

생각학교

차 례

1

내 꿈의 옥타브를 높여라

– 최하나 –

9

2

아이돌이 되긴 싫어

– 조경아 –

89

3

때론 짙게 때론 은은하게

– 천지윤 –

147

4

창작의 신

– 정명섭 –

203

— 1 —

내 꿈의 옥타브를 높여라

— 최하나 —

1. 맨발의 소녀

유주는 어느새 탱탱 부은 발을 주무르며 인터미션을 보내고 있었다. 부츠에 꼭 끼인 두 종아리가 답답하고, 발바닥은 불이 나게 걸은 것만큼 아팠다. 앞선 칠십오 분의 공연은 너무나도 좋았지만, 공연을 이렇게 더 볼 수 있을지는 미지수였다. 그때 머리를 망으로 말아 올린 공연장 안내원이 말을 걸었다.

"괜찮으세요?"

"네……. 그냥 다리가 좀 아파서요."

"입석이 쉽지 않죠. 밖에 있는 벤치에 좀 앉아 있다가 들어오셔도 돼요."

그 말에 유주는 팔에 찬 시계를 확인했다. 공연에 집중하기 위해 스마트폰은 이미 꺼서 가방 저 안쪽에 넣어뒀으니까. 하지만 오 분도 남지 않았다. 나갔다가 다시 들어오기에는 짧은 시간이라 호의에 미소로 답하고는 똑바로 서서 앞을 바라봤다. 사실 이 광경만 해도 유주에게는 놀라움 그 자체였다. 무대 위 조명은 꺼졌지만, 일 막에서 본 모습이 생생하게 떠올랐다. 유주는 들었던 넘버를 흥얼거리기 시작했다. 그 순간 장내에 방송이 흘러나왔다.

"관객 여러분, 공연이 다시 시작될 예정이오니 착석하여 주시고, 휴대폰은 끄거나 비행기 모드로 해주시길 부탁드립니다. 다시 한번 안내 말씀드립니다."

유주는 자신도 모르게 침을 꼴깍 삼켰다. 그리고 일순간 실내는 다시 암흑이 되었고, 무대에만 환한 빛이 켜졌다.

'아무도 모르겠지?'

유주는 부츠를 아예 벗어 가방에 넣었다. 그러고는 공연에 집중하기 시작했다. 맨발로.

"잘 보고 왔어, 딸?"

유주가 〈오페라의 유령〉을 보고 싶다고 했을 때, 엄마는 비싼 티켓을 끊어줄 수가 없었다. 요양보호사로 일하며 혼자서 딸을 키워야 하니 십만 원을 훌쩍 넘는 VIP 좌석은 언감생심이었다. 딸이 꼭 보고 싶다고 해서 발을 동동거리던 차에 국내 최초 입석제 도입이라는 문구를 발견했다. 일 층 맨 뒤에서 볼 수 있는 대신에 공연 내내 서서 보는 방식이었다. 뮤지컬의 본고장인 브로드웨이에서는 예전부터 실시한 제도라고 하는데, 한국에 들여온 건 〈오페라의 유령〉이 최초라고 했다. 엄마는 미안한 마음으로 딸에게 입석 티켓을 한 장 끊어주었다. 유주는 싫은 내색 대신 오히려 고마워했고, 설레는 마음으로 공연을 보러 갔다. 그래서 엄마는 잘 보고 왔는지, 힘들지는 않았는지 몹시 궁금한 상황이었다.

"엄마, 진짜 너무 좋았어."

유주의 눈동자는 아직도 무대의 환상을 보는 듯했다. 집에 오는 동안에도 넘버를 찾아 계속 들었고, 심지어는 남자 역할인 팬텀과 여자 역할인 크리스틴을 혼자 오가며 듀엣곡을 부르기도 했다. 엄마는 기뻐하는 딸의 모습을 보며 내심 다행이라고 생각했지만 두렵기도 했다. 유주는 뭐만 했다 하면, 무엇엔가 꽂히기만 하면 앞뒤, 물불 안 가리고 돌진하는 성격인지라 혹시라도 너무나 깊이 빠질까, 겁이 났기 때문이다.

"엄마, 거기서 팬텀이 이렇게 크리스틴을 바라보면서……."

유주는 엄마 앞에서 부끄러움도 없이 연기를 해 보이며 어떻게 외웠는지 대사까지 읊기 시작했다. 그 모습을 바라보던 엄마는 손뼉을 쳐주면서도 절로 탄식했다.

"엄마, 왜 한숨을 쉬어? 내가 뭐 잘못했어?"

"아냐……."

"아니긴 뭐가 아니야. 내가 엄마 표정 훤히 읽는데……. 조금만 변해도 내가 다 알아차린다니까. 빨리 말해. 뭔데? 뭐가 또 맘에 걸리는데?"

"아니, 나는 딸이 가서 재밌게 보고 왔다니까 좋긴 좋은데……. 네가 또 깊이 빠질까 봐, 걱정돼서."

"좀 깊이 빠지면 어때서? 엄마도 공연 봤으면 그런 말 안 했을 텐데. 엄마 진짜 완전 다른 세계야. 다른 차원에 빠졌다가 나온 것 같다니까. 나도 거기 서고 싶더라고. 그 많은 사람이 나를 바라봐 주고 내가 하는 노래에 집중한다고 상상하니까 온몸에 막 소름이 돋으면서……."

"거봐!"

"아니라고. 걍 그렇다는 소리야. 괜히 말했네. 내가 또 괜한 이야기를 꺼냈어. 암튼 잘 봤고요. 고오맙습니다."

유주는 엄마를 지나쳐 재빨리 방으로 들어갔다. 소녀는 그날 밤새도록 유튜브에서 〈오페라의 유령〉 라이브 영상을 찾아 반복해서 보며 자신이 반한 세계에 푹 빠져들었다.

"혼자라 슬퍼하지 않아. 돌아가신 엄마 말하길……."

"오! 뮤배 또 시작이다."

〈오페라의 유령〉을 보고 온 뒤로 유주는 엄마가 걱정했던 대로 새로운 꿈을 꾸기 시작했다. 바로 뮤지컬 배우가 되겠다는 꿈이었다. 장기 자랑 시간이면 매번 앞에 나가 그때그때 다른 뮤지컬 넘버를 불렀다. 아이들은 그런 모습에 열렬한 지지와 환호를 보내주었다. 이번에는 교실 뒤편 사물함 쪽에서 무선 이어폰을 귀에 꽂은 채로 혼자만의 리사이틀에 빠져들었고, 그걸 들은 아이들은 깔깔대면서도 금세 유주의 공연에 집중했다.

"근데 왜 뮤지컬 노래 가사는 특이한 거야?"

"그게, 극의 내용을 노래로 표현하는 거라서 그래. 근데 또 가만히 들어보면 사랑 타령이나 돈 자랑 노래보다 훨씬 낫다니까. 이거 한번 들어볼래?"

어느새 유주는 아이들 사이에서 '뮤배'라고 불리며 뮤지컬계 소식통으로도 활동하고 있었다. 아이들은 궁금한 게 있으면 쪼르르 달려와 물었고, 이 때문에 유주를 중심으로 공연을 보러 다니는 일종의 '팸'이 만들어졌다. 물론 입석 자리나 삼 층 제일 뒷자리인 A석에서 관람했지만, 공연이 끝난 뒤에는 근처 카페에서 수다를 떨거나 마라탕을 먹으며 우정을 쌓아갔다. 같이 다니는 친구들 중에서 가장 진지하고 열정적인 사람은 물론 유주였다. 그렇게 중학교 삼 학년 여름이 지났고 이제 고등학교 진학을 결정해야 할 시기가 다가왔다.

"자, 얘들아, 지망 써서 금요일까지 제출해. 쓰기 전에 고민 많이 하고. 알았지?"

선생님은 손가락으로 아이들을 가리키며 강조하듯 말했다.

"네!"

아이들은 하나같이 크게 대답했다.

"근데 넌 어디 갈 거야?"

지영이가 제일 먼저 옆에 앉은 송아에게 물었다.

"나 집이랑 가까운 데 갈 건데. 승화여고."

"나는 남녀공학 가려고. 인동고."

연지도 끼어들어 한마디 했다.

"유주, 너는 어디로 갈 거야?"

지영이의 시선이 이번에는 유주를 향했다.

"나?"

유주가 기어들어 가는 작은 목소리로 되물었다.

"왜? 못 정했어?"

"아니, 그게 아니라……. 가고 싶은 데는 있는데 아직 엄마랑 이야기를 안 해봤어."

"뭐, 그냥 네 선택에 맡기시겠지. 특성화고 가는 거 아니면 뭐 크게 의견이 갈릴 일이 있나?"

"나는 공연고 가려고."

"공연고?"

지영이의 눈이 동그랗게 변했다.

"정확히는 공연예술고."

"혹시 한서예고?"

"그 유명한 데?"

"예고 간다고? 입시는?"

"그러니까 뭐, 준비한 건 없고."

그 말에 지영이를 포함한 아이들은 실망하며 돌아섰다. 그 와중에 유주는 홀로 진지하게 고민하고 있었다. 예고 진학을 희망하는 친구들이 주변에 하나도 없기에 정보도 없었고, 또한 따로 준비도 하지 못했다. 너무 늦은 것 같다는 후회와 자책이 밀려올 때쯤 한 영상을 발견했다.

"한서예고 혼자 준비해서 입학한 썰."

특목고를 준비했던 한 학생이 자신의 진로 변경 사연을 담담하게 풀어놓으며 찍은 영상이었다. 채널 소개에는 인스타그램 주소가 쓰여 있었고, 유주는 용기를 내어 DM을 보냈다.

"안녕하세요. 저는 곰팅 님의 영상을 본 한서예고 입학 희망자입니다. 지금 중학교 삼 학년인데, 뮤지컬학과를 너무 가고 싶어요. 저도 곰팅 님처럼 한서예고에서 제 꿈을 위해 달리고 싶습니다. 그런데 제 주변에는 예고 진학을 희망하는 친구들이 없어요. 그래서 준비가 많이 늦었고, 하더라도 혼자 해야 할 것 같아요. 혹시 이런 저라도 가망이 있을까요?"

하루 뒤, 답장이 왔다.

"반갑습니다! 저도 입시 준비 혼자서 하고 들어온 케이스고요. 기간도 짧았어요. 학과마다 다르기는 하겠지만, 우리 학교는 가능성이나 끼를 좀더 본다고 하더라고요. 너무 걱정하지 말고 도전해 보세요!"

유주는 그렇게 용기를 얻었다.

한서예고 삼 기 뮤지컬학과의 입시 현장.

유주는 춤추기에 편한 복장인 슬랙스에 니트를 입고 왔다. 단 스무 명만 뽑는다는 소식에 가망이 없다고도 생각했지만, 온몸의 용기를 다 그러모아 주먹을 꽉 쥐고 실기시험장으로 향했다. 뮤지컬학과는 자유곡 한 곡과 특기를 심사하는데, 총 삼 분의 시간이 주어진다고 했다. 미리 입시요강을 다운받아 혼자서 프링글스 통에 대고 자유곡을 연습해 왔던 유주에게 제대로 된 기회가 주어진 셈이었다.

"자유곡 준비했죠?"

"네! 〈맘마미아〉의 'Mamma mia'를 준비했습니다."

"그럼, 바로 한번 시작해 볼게요."

그리고 이어진 유주의 노래. 흉성을 사용하는 유주는 목소리가 맑고 청아한 편은 아니지만, 고음을 낼 때는 제법 깨끗한 소리가 났다. 게다가 뮤지컬 〈맘마미아〉의 'Mamma mia'는 고음이 많지 않아 부르기 무난한 편이다. 그래서 자신의 이미지나 보컬 컬러와 어울리는 노래를 고른 것이었다. 유주는 떨고 있는 티가 나지 않도록 동작을 일부러 크게 하고, 미소도 끝까지 잃지 않으려 애썼다. 그 덕분인지 분위기는 나쁘지 않았다.

"다음 특기 볼게요. 뭐 준비했죠?"

"네. 저는 춤을 준비했습니다."

유주는 영화 〈페임〉에 나오는 한 장면을 그대로 따라 하며 열심히 춤추기 시작했다. 정식으로 배운 적은 없어 최대한 비슷한 느낌을 내려고 안간힘을 썼다. 한 손을 바에 올려둔 것처럼 시작해서 턴을 돌 때는 정확하고도 부드럽게 발을 굴렀고, 몸을 감싼 채로 쿵쿵대는 비트를 표현해야 할 때는 최대한 움직임을 크게 했다.

"수고하셨습니다."

자유곡과 특기를 다 선보이고 나자, 유주는 온몸이 덜덜거림을 느낄 수 있었다. 그걸 감추기 위해서 힘을 준 채로 구십 도로 허리를 숙여 인사한 뒤에 실기시험장을 빠져나왔다.

한 달 뒤, 유주는 합격 통보를 받았다. 친구들은 모두 미래의 뮤지컬 배우가 탄생했다며 제 일처럼 축하해 주었다.

"야, 너 진짜 최고!"

"장난 아니다."

"미리 사인이라도 받아놓을까?"

한 친구는 웃으며 슬그머니 네임 펜을 꺼내 들기까지 했다. 유주는 그 모습에 겸연쩍어 머리를 긁으며 웃어 보일 수밖에 없었다. 그날 유주는 입가에 새어 나오는 기쁨을 감출 수 없었다.

"딸, 무슨 좋은 일 있어?"

"엄마, 나 합격했어. 짜잔!"

스마트폰을 열어 합격 소식을 보여주자, 엄마는 한 삼 초간은 아무 말이 없었다.

"엄마, 왜?"

"아니, 네가 너무 수고했네. 고생했을 것 같아서. 나는 우리 딸이 고생할까 봐, 그게 제일 걱정이지."

"뭘 고생해? 좋아서 하는 일인데. 내가 잘하는 건데. 인정받았잖아."

하지만 유주가 이렇게 말해도 엄마는 마음 놓고 기뻐하질 못하는 눈치였다.

"엄마, 내가 잘할게. 내가 유명한 배우 돼서 엄마 집도 사주고 차도 사주고 그럴게."

"네 한 몸 건사만 해도 다행이게? 맘만은 받은 걸로 할게. 축하한다."

그 말에 유주는 하늘을 날 것만 같은 기분이었다. 앞으로 어떤 일이 펼쳐질지는 전혀 상상도 하지 못한 채.

2. 첫 수업의 쓴맛

새벽 다섯 시, 유주의 눈이 번쩍 뜨였다. 그때부터 십 분 간격으로 시간을 확인하며 유튜브 동영상을 재생했다 멈추기를 반복했지만, 시간은 더디게만 흘러갔다. 그도 그럴 것이 오늘은 한서예고에 처음 등교하는 날이기 때문이다. 이미 다리미로 잘 다려 침대 맞은편에 걸어놓은 교복을 볼 때마다 미소가 저절로 번졌다. 그렇게 두 시간 정도가 지나자 드디어 엄마가 일어나 유주를 깨우러 왔다.

"유주야, 일어나. 응? 웬일이래. 아침잠 많은 잠만보가?"

"엄마, 너무 설레서 잠이 안 와. 어쩐대……. 히히."

그 말을 하면서 씩 웃는 딸이 귀엽기도 하고, 놀랍기도 해서 엄마는 딸의 머리를 쓰다듬어 주었다. 그때 유주가 걸려 있는 교복을 가리키며 엄마에게 말했다.

"엄마, 근데 저기 주름 눈에 띄어. 한 번만 더 다려줘. 재킷 소매 부분도 어째 쭈글쭈글한 것 같아."

"유주야, 엄마가 어제 저거 삼십 분 동안이나 다렸어. 네가 하도 채근해서. 내가 보기엔 괜찮으니까 그냥 입고 가. 네 마음은 잘 알겠는데 엄마도 이제 출근해야 해. 정 뭣하면 네가 다리던가."

하지만 엄마는 알고 있었다. 손재주도 없고 집안일에 관심 없는 유주가 직접 다림질할 리는 없다는 걸. 내심 그대로 등교했으면 하는 마음이었다. 하지만 오늘은 달랐다. 유주는 몸을 잽싸게 일으키더니 교복을 가지고 옷방으로 갔다. 잠시 후 엄마가 옷방 문을 빼꼼 열어보니 유주는 어설픈 실력으로 기어이 소매와 옷깃을 다리고 있었다. 그 모습을 보며 엄마는 기가 차서 한마디 할까 하다가 그대로 문을 닫았다.

"여어! 왔어?"

여기저기서 아는 척하는 아이들의 목소리가 들려왔다. 하지만 유주는 혼자였다. 모교에서 한서예고에 진학한 학생은 단 한 명. 그 때문에 잠시 주눅이 들기도 했으나 목표를 이뤘다는 생각에, 꿈을 한껏 펼칠 수 있겠다는 생각에 말렸던 어깨가 다시 쭉 펴졌다.

"그래, 중요한 건 꺾이지 않는 마음이지!"

요즘 유명한 '중꺾마'를 스스로 외치며 건물 안으로 발길을 재촉했다. 그러다 전신 거울을 발견해 그 앞에 서서 커다란 노란색 리본에 남색 재킷과 회색 치마를 입은 자신의 모습을 확인했다. 옷매무시를 가다듬고는 교실을 향해 조금 더 빠르게 걸었다.

"안녕하세요. 송영희입니다. 애들아, 반갑다. 이제 일 년 동안 한서예고에서의 생활을 함께할 건데 문제없이 즐거운 시간만 보내기를 바란다. 자, 그럼, 시간표 확인해 볼래?"

담임선생님이 나눠주신 시간표는 일반과목 반, 전공 관련 과목 반으로 채워져 있었다. 월요일에는 발성 수업이 이 교시에 예정되어 있었다. 그걸 보자마자 유주는 큼큼 소리를 작게 내

시간	교시	월	화	수	목	금
9:00~9:50	1교시	수학	국어	미술	미술	사회
10:00~10:50	2교시	기초 발성	무용	기초 연기	뮤지컬의 역사	뮤지컬의 이해
11:00~11:50	3교시	기초 발성	무용	기초 연기	뮤지컬의 역사	뮤지컬의 이해
12:00~1:30	4교시	국어	수학	수학	과학	국어
1:40~2:30	5교시	체육	사회	영어	영어	체육
2:40~3:30	6교시	과학	과학	동아리	사회	창체
3:40~4:30	7교시	영어	기술가정	동아리	기술가정	창체
방과 후		전공 심화				

며 목을 가다듬었다. 다른 아이들도 목을 풀려고 하거나 몸을 움직이며 설렘과 긴장을 떨쳐내려 하고 있었다.

"그러면 수업 잘 받고. 너희들 일반과목도 중요한 거 알지? 뮤지컬학과라고 해서 전공에만 힘쓰고 다른 시간에 자고 그러면 안 된다. 그런 친구 있으면 다 걸러질 거야. 실기만 중요한 거 아니니까. 그러면 수업 잘 받고!"

담임선생님이 밖으로 나갔다. 일 교시 수학 교과서를 꺼내면서도 유주의 마음은 이미 실기수업에 가 있었다.

드디어 이 교시가 되어 발성 수업을 듣기 위해 스무 명의 아이가 자리를 옮겼다. 단상에 놓인 키보드. 위에서 아래를 내려다볼 수 있게 만든 좌석. 아이들은 쭈뼛대다가 이내 자리를 채웠다. 유주의 옆에도 다른 아이들과 마찬가지로 큰 리본이 달린 하늘색 셔츠에 남색 재킷을 입은 여자아이가 앉았다. 조금 다른 점이라면 낯이 익다는 것이었다. 하얀 얼굴에 오뚝한 코. 짜르르한 생머리. 차분한 눈빛에 긴장하지 않은 듯한 몸짓까지, 단정하면서도 끼가 자연스럽게 흘러나오는 모습이 낯설지 않았다.

'내가 재를 알 리가 없는데.'

그 옆에는 단발머리에 유난히 눈썹이 짙고 까만 여자아이가 앉았다. 몸을 살짝 숙여 얼굴을 보니 생글생글 웃고 있었다. 여기서 유독 긴장한 사람은 자기뿐이라는 생각에 위축되기도 했지만, 유주는 이내 머리를 좌우로 흔들어 그 생각을 떨쳐내려 애썼다. 그때 컬이 굵은 웨이브 머리를 한 선생님이 교실 안으로 들어섰다. 남색 슬랙스에 하얀 블라우스를 입고 굽이 삼 센티미터 정도 되는 펌프스를 신었다. 눈빛은 단단해 보였다. 그런데 그 선생님을 보고 주변에서 수군대기 시작했다.

"웬일이야."

"그러게. 나 저 쌤 〈레베카〉 초연에서 봤는데."

"나는 〈레미제라블〉에서."

대극장에서 공연된 뮤지컬의 주·조연을 맡았던 유명 배우가 선생님으로 온 탓에 아이들의 속삭임은 이내 술렁거림으로 바뀌었다.

"자, 조용히 하고. 안녕, 얘들아. 나 오성주고 만나서 반갑다. 미래의 뮤지컬 배우를 꿈꾸는 학생들을 이렇게 직접 만날 수 있다니, 행운이라고 생각할게. 이 수업은 발성 수업이라서 기초적인 내용만 하는 게 아니야. 각자 하고 싶은 넘버를 정해서 2주에 한 곡을 마스터할 거야. 그러기 위해서는 너희가 어떤 음색을 가졌는지 또 어떤 분위기가 어울릴지 한번 봐야겠지?"

그 말에 여유롭던 아이들마저 긴장했다.

"자, 앞쪽부터 나와서 한 명씩 소개하고 부르고 싶은 넘버 말해줘. 반주는 내가 하거나 악보가 없으면 MR로 틀어줄 테니까. 우리 수업은 삼 교시까지 쭉 이어서 하지만 시간이 별로 없어서 다 들어보지는 못하니까, 일 절 아니면 내가 충분하다 싶은 데까지만 들을게."

그러자 아이들이 동시에 부르르 소리를 내며 입을 풀었다.

"그럼 앞에서부터 차례로 할게."

유주의 앞줄에 앉은 아이들부터 한 명씩 나갔다. 첫 번째로 자신의 노래를 선보인 아이는 창작 뮤지컬 〈피맛골연가〉의 넘버를 불렀고, 선생님에게 나쁘지 않은 평가를 받았다. 유주가 듣기에도 맑고 청아한 음색이 듣기 좋았고, 떨거나 긴장한 기색이 하나도 느껴지지 않아서 잘 불렀다는 생각이 들었다. 유주는 노래를 들으면서 자신의 실력과 비교해 봤다.

'재가 좀더 여성스러운 느낌이네. 전반적으로 화려하지는 않지만 탄탄해. 첫 타자가 이러면 더 잘하는 애들은 얼마나 잘할까? 큰일 났네.'

비슷한 실력의 아이들 몇이 나와 넘버를 선보였고, 이제 드디어 유주가 앉은 줄의 아이들이 차례로 나가게 되었다. 먼저 일어선 아이는 단발머리에 유난히 눈썹이 짙은 소녀였는데, 두 팔을 씩씩하게 흔들며 무대 중앙으로 나아갔다.

"안녕하세요, 서연주입니다. 인성예중에서 왔고요. 잘 부탁드립니다. 저는 〈오페라의 유령〉의 'Think of Me' 부르겠습니다."

'설마? 진짜로?'

유주가 그렇게 좋아하는 〈오페라의 유령〉 넘버를 부르려 하고 있었다. 그 말에 얼마나 잘하나 보자 하는 생각과 함께 그래 봤자지 하는 생각이 동시에 들었다.

"생각해. 생각해 줘요. 이별이 와도……."

서연주가 노래를 시작하자마자 일순간 교실 내 공기가 달라졌다. 마치 모두를 파리 오페라 극장으로 데려간 듯했다. 성악 발성을 베이스로 한 연주의 실력은 남달랐다. 흠잡을 데가 거의 없을 정도였다. 고음에서도 힘을 잃지 않고, 끝까지 소리를 밀어내는 모습에 아이들이 혀를 내두를 정도였다. 유주는 가만히 듣고 있기가 괴로웠다. 다다음 번 차례가 바로 자기인 데다가 이런 실력자가 있다는 사실에 주눅이 들었기 때문이다. 유주는 사실 이날 자신이 스포트라이트를 받을 줄 알았다. 중학교 친구들에게 뮤배라는 소리를 들어온 터라 자신감이 있었던 것이다. 하지만 연주의 노래를 끝까지 듣자, 그건 자기만의 오만한 생각이었다고 인정할 수밖에 없었다. 유주는 얼굴을 푹 숙인 채 손뼉도 치지 않았다. 하지만 시련은 거기서 끝나지 않았다. 유주의 바로 옆에 앉아 있던 학생이 걸어 나가 무대 위에 서자 아이들이 웅성대기 시작했다.

"진해연."

"〈오빠가 아빠로 돌아왔다〉. 맞지?"

"금수저잖아. 금수저."

"무슨 금수저야. 뮤지컬 수저지."

그제야 유주는 그 아이를 처음 봤을 때 느꼈던 기시감이 뭔지 알아차렸다. 대극장 주연만 도맡아서 하는 뮤지컬 배우 부부의 이세. 육아하는 프로그램인 〈오빠가 아빠로 돌아왔다〉를 통해 얼굴이 알려진 아이. 유주 또래였던 그 꼬맹이가 어느덧 자라 이제는 미래의 뮤지컬 배우가 되기 위해 한서예고에 진학한 것이었다.

'왜 하필 우리 학과인데…….'

이 생각으로 머리가 아파졌다. 유주는 허벅지 바깥쪽을 사정없이 꼬집었다.

'정신 차려. 정신 차려야 해. 벌써 이러면 안 돼. 기죽지 마. 할 수 있어. 아직 시작도 안 했잖아.'

하지만 유주는 알고 있었다. 그 꼬맹이가 부모의 재능을 그대로 물려받아 신동 소리를 들어왔다는 것을.

"안녕하세요! 진해연입니다. 잘 부탁드립니다. 저는 〈모차르

트!〉의 '황금별' 하겠습니다."

그 말에 벌써 박수가 터져 나왔다. '황금별'은 극악의 난이도를 자랑하며, 당대에 내로라하는 여자 뮤지컬 배우들이 부르는 넘버였다. 자신감 없이는 절대 부를 수 없고, 실력이 뒷받침된다고 해도 자칫하면 웃음거리가 되기 십상이었다. 유주는 보고 싶지 않으면서도 내심 어떻게 부를지 궁금하기는 했다. 그리고 시작된 노래. 진해연은 아마추어 같지 않은 노련함을 보여줬다. 다른 아이들이 노래에만 집중했다면 진해연은 연기까지 보여주며 어느덧 발트슈테텐 남작부인이 되어 있었다. 아이들은 마치 공연을 관람하듯 숨소리도 크게 내지 않고 숨죽여 그 모습을 바라보았다.

"잘했어! 과한 게 전혀 없지는 않지만, 이렇게 소화하는 것도 타고난 능력이라고 봐야겠지? 잘 어울리는 곡을 골라왔네."

선생님의 다소 박한 칭찬에도 아이들은 환호를 보냈다. 유주 역시 진해연이 잘했다고 인정할 수밖에 없었지만, 다음이 자신의 차례임을 생각하니 머리가 아찔해져 왔다. 그러면서 후회가 몰려왔다.

"자, 다음 얼른 나오세요. 이제 우리 시간이 없어. 빨리 와."

그 말에 유주는 무거운 걸음을 재촉하며 앞으로 나갔다.

"안녕하세요, 하유주입니다. 저는 〈서편제〉의 '살다 보면'을 하겠습니다."

"오오!"

〈서편제〉는 동명의 영화를 원작으로 한 국악 베이스의 뮤지컬이다. 그러다 보니 특유의 맛을 살릴 줄 알아야 하고, 또 몰입하지 않으면 안 되는 넘버들이 대다수이다. 아이들은 이 작품을 유독 어려워해 선택을 꺼렸다. 여기저기서 기대에 찬 목소리가 흘러나왔다. 소녀의 두 발이 차가워졌지만, 어떻게든 이 무대를 마치고 내려가야만 했다. 첫 수업부터 도망칠 수는 없는 일이다. 앞 무대와 비교가 되든지 말든지 상관하지 않기로 마음먹고 유주는 어렵게 노래를 시작했다. 흉성을 주로 쓰는 소녀의 목소리와 '살다 보면'은 잘 어울렸다. 하지만 문제는 후렴 부분이었다. "눈을 감고 바람을 느껴봐. 엄마가 쓰다듬던 손길이야." 이 부분은 절대 음역대가 낮지 않았다. 후렴이 잘 안 되는 걸 알면서도 이 곡을 선택했고, 이제는 죽이 되든 밥이 되든 보여줘야만 했다. 유주는 목의 힘을 모두 빼고 가성으로 불렀다. 일순간 분위기가 착 가라앉았다.

"후렴을 가성으로 부르니까 연결도 안 되고 한 노래 같지 않은데? 왜 이렇게 했어?"

"그게…… 안 올라가서요."

"안 올라가는 거야, 아니면 안 올라갈 것 같아서야?"

"불러봤는데, 안 돼서요."

"아닌데? 난 될 것 같은데. 진성으로 힘 빡 줘서 올려주면 될 것 같아. 다시 해볼까? 이번에는 가성으로 하지 말고 진성으로 해봐."

선생님은 말하는 동시에 반주를 시작하며 유주에게 다시 불러보라는 손짓을 했다. 어쩔 수 없이 해야만 했다. 유주는 진성으로 소리를 냈다. 하지만 결국 음 이탈 현상이 벌어졌다. 그 순간 여기저기서 터져 나온 웃음소리가 들렸다. 유주는 울고 싶은 심정이었다. 하지만 선생님은 포기하지 않았다. 다시 한 번 해보라며 반주하기 시작했다. 유주는 힘을 써봤지만 되질 않았다. 창피함에 쥐구멍에라도 들어가고 싶은 심정이 된 소녀와는 다르게 선생님은 낯빛 하나 변하질 않았다.

"삑사리 내는 걸 두려워하면 안 되지. 연습할 땐 그렇게 하는 거야. 삑사리가 나도 하는 거라고. 그러다 보면 뚫려. 알았나?"

유주는 고개를 푹 숙인 채로 자신의 자리로 돌아왔다. 나머지 아이들은 노래를 어떻게 불렀는지 하나도 기억하지 못한 채 기대하던 첫 전공수업을 그렇게 마쳐야만 했다.

3. 뛰어넘을 수 없는 벽

"너 이번 곡으로 뭐 받았어?"

반 아이 중 하나가 유주에게 물었다.

"나는 〈아이다〉의 'Every story is a love story' 받았어."

"그것도 좀 어렵지 않아?"

"잘 모르는데, 해보면 어떻게 되긴 하겠지……."

그렇게 대답하면서도 유주는 찝찝함을 떨쳐낼 수 없었다. 이 대답은 거짓이었기 때문이다. 뮤지컬 〈아이다〉는 유주가 특히나 관심 있던 이집트를 배경으로 하는 작품이라 이미 모든 넘버를 다 꿰고 있을 정도로 잘 알았다. 하지만 극의 분위기를 조성해야 하는 노래라서 이번 과제는 절대 쉽지 않았다. 고음에 샤우팅 하는 부분도 있어 걱정하는 마음이 컸다. 아이들은 계속 발성 시간에 해야 할 과제곡에 대해 이야기했다.

"암튼, 선생님이 엄청 깐깐하셔서 그냥은 안 넘어갈 것 같아."

"마음 단단히 먹고 준비해야지."

"근데 이미 진해연은 가사까지 다 외우고 숙지도 끝난 것 같더라."

"벌써? 어제 선곡해 줬잖아."

"그러니까 말이야."

"걔 노래는 뭔데?"

"뭐였지? 그 정선아가 했던 배역인데, 맞다! 유주랑 똑같이 〈아이다〉 넘버 받았어."

"〈아이다〉에서 'My strongest suit' 아니야?"

"어! 맞아."

"오늘 그렇지 않아도 아침 연습 때 그거 부르는 것 같더라고. 벌써 거의 완성형이던데?"

"알던 노랜가?"

"알아도 그렇게 하루 만에는 불가능하지. 그냥 타고난 거겠지. 그 엄청난 뮤배 DNA를. 걔네 엄마 아빠가 이미 대극장 배운데 뭘."

"나는 오늘 아침에 연주가 하는 거 보고 기절할 뻔했잖아."

"목 푼답시고 대충 부르는 데도 그냥 쭉쭉 안정적으로 올라가. 김소현 저리 가라야."

"걔 원래 성악과 가려고 했었대. 근데 갑자기 틀어서 이쪽으로 온 거라던데?"

"그럼, 성악 베이스 뮤지컬은 걔가 다 씹어 먹겠네? 어쩐다……."

유주는 그 말을 듣고도 아무렇지 않은 듯 돌아섰다. 하지만 뒷머리가 쭈뼛 서는 게 느껴졌다. 사물함에서 교과서를 꺼내러 간다는 핑계를 대고 그 무리에서 빠져나왔다. 수업한 지 고작 이틀밖에 안 되었지만, 전체 학생이 스무 명밖에 안 되는 데다가 모두 예술을 하고, 또 뮤지컬 배우를 꿈꾼다는 공통점이 있어 금세 친해질 수 있었다. 하지만 그 때문에 너무 많은 정보를 빨리 접하게 되어 오히려 독이 되기도 했다. 특히나 지난 수업에서 창피를 당한 유주는 더더욱 겁을 먹었다.

'그래. 진해원, 서연주, 너네는 타고났다 이거지? 한 명은 외모부터 끼까지, 다른 한 명은 노래 실력을……. 난 어떻게 해야 하지?'

그동안 친구들에게 들어온 잘한다는 소리가 무색하게도 한서예고에서 소녀는 아무것도 아니라는 생각이 들었다. 마치 예쁜 아이 옆에 더 예쁜 아이, 그리고 그 옆에 훨씬 더 예쁜 아이가 있어 경쟁에서 이기기 쉽지 않고, 더 비교되기 쉬운 상황에 놓인 듯했다.

"우리 딸 학교 어땠어?"

그날 유주가 집에 돌아가자마자, 머리를 감고 있던 엄마는 황급하게 수건을 머리에 두르고 화장실 밖으로 튀어나오며 물었다. 그 모습을 보자 유주는 실망감을 쉽게 내비칠 수 없었다.

"응……. 재밌는데 뭐, 힘들고, 어렵기도 하지 뭐. 하하."

어색하게 웃으며 재빨리 그 자리를 모면하려는데 엄마가 좀 더 이야기를 들려달라며 유주를 붙잡아 세웠다.

"우리 딸이 제일 잘하지? 그렇지?"

"……."

엄마의 말에 유주는 자기도 모르게 눈물이 터졌다. 울음이 한번 시작되자 눈물은 멈추지 않고 계속 흘러내렸다.

"딸, 왜 그래? 무슨 일이야? 애들이랑 문제 있었어?"

"아니……. 흑흑. 엄마 그게 아니라……. 아냐, 묻지마. 그냥 아직 적응 못 해서 그래."

이 말만을 간신히 마치고 유주는 방으로 뛰어 들어가 문을 잠가버렸다. 엄마는 문밖에서 딸 이름을 애타게 부르며 발만 동동 구를 뿐이었다. 유주는 교복도 갈아입지 못한 상태로 침대 위에 누워 눈물을 쏟아냈다. 그러면서도 동시에 미션 곡이 머릿속에서 떠나질 않았다. 울면서 자신에게 주어진 'Every story is a love story'를 듣기 시작했다. 모든 이야기는 사랑 이야기라는 제목처럼 극 전반에 깔릴 분위기와 테마를 이 한 곡에 모두 녹여내야 했다. 마치 해설자처럼 잔잔하게 읊조리다가 한 번에 팍하고 터뜨려야 하는 이 노래는 절대 쉽지 않았다. 계속 들어봐도 자신감이 생기기는커녕 어깨가 움츠러들기만 했다.

'뭐지? 왜 몸이 안 움직이지? 나 살아 있는 건가?'

새벽녘 창가에서 들어오는 어슴푸레한 빛은 느껴지는데 몸이 움직이질 않았다. 시야는 아직 까맣고 손가락 하나 까딱할 수 없는 상태에서 정신만 간신히 깨어 있었다. 한 번도 눌려본 적 없는 가위였다.

'내가 이렇게까지 스트레스 받았나?'

이렇게 생각하며 유주는 있는 대로 발버둥을 쳤지만, 몸의 감각은 좀처럼 깨어나질 않았다. 유주는 할 수 없이 소리를 지르려고 목에 힘을 줬다. 그러면서 동시에 그 노래를 떠올렸다. 'Every story is a love story'의 클라이맥스를 지른다고 생각하고 입을 벌리자, 온몸의 감각이 돌아오며 엄청난 고함이 터져 나왔다.

"아!"

드디어 몸을 곧추세워 앉을 수 있게 되었다. 온몸에 납덩어리를 단 듯한 느낌이었다. 특히 어깨 쪽은 꽉 뭉쳐 단단해져 있었다. 팔을 들어 지그시 누르니 통증이 그대로 느껴졌다. 유주는 침대에서 벗어나 불이 꺼진 거실로 나가 구급상자를 열었다. 멘소래담을 꺼내어 어깨에 잔뜩 발라주고는 방으로 돌아와 그대로 누운 채 과제로 주어진 곡을 다시 들었다.

"자, 이제 수업 시작해 볼까?"

"넵!"

"서연주, 나오세요."

"네에."

단발머리를 찰랑대며 앞으로 나서는 연주의 뒷모습을 보며 유주는 곧 자기 차례라는 걸 깨달았다. 이 순서는 출석부에 적힌 이름 순서대로였다. 공교롭게도 서연주 다음이 진해원이고, 그다음이 유주였다.

"'나는 나만의 것' 준비해 왔지?"

"네."

"먼저 입부터 살짝 풀까?"

쉽지 않은 노래를 줘서 마음에 걸렸는지 선생님이 먼저 입 풀기를 권했다. 그 말에 연주는 조용히 목을 풀더니 시작하겠다고 말했다. 그리고 시작된 노래. 뮤지컬 〈엘리자벳〉의 대표곡이라고 할 수 있는 '나는 나만의 것'은 누구에게도 휘둘리지 않고 나의 삶을 살아가겠다는 다짐이 담겨 있다. 그래서 자신만의 신념을 담담하게 노래해야 하는데 고음의 향연이 이어지는 뒷부분에서 흔들리면 완전히 무너질 수 있기에 간신히 음역이 맞는 정도라면 부를 수조차 없었다. 그 노래를 서연주는 감정을 잡으며 시작하려 하고 있었다.

'또 얼마나 멋진 무대가 나올까…….'

노래가 시작되지 않았지만 이미 유주는 예견할 수 있었다. 앞의 한두 소절만 들어봐도 안다는 심사위원들의 말이 무슨 뜻인지 이해가 갔다. 이미 연주는 엘리자벳이 되어 있었다.

"나는 나만의 것!"

역시나 클라이맥스에서 성악 발성을 뽐내며 고음을 완벽하게 처리했다. 선생님 역시 만족스러워하는 눈치였다. 더 짚어줄 만한 부분이 없는지 바로 다음 과제 곡을 내주었고, 서연주는 기쁜 듯 뛰며 자리로 돌아갔다.

"이번 한서예고 라인업이 괜찮네?"

그다음으로 나선 진해연. 유주는 그 소녀를 가장 견제했다. 해연이도 유주처럼 뮤지컬 〈아이다〉의 노래를 받은 데다가 그 곡은 연기력이 뒷받침되어야 하는 터라 어떻게 소화할지 궁금하고 두렵기까지 했다. 어쨌든 바로 다음 순서인 자기와 비교가 될 테니까.

"해연이 나와보자."

선생님이 티를 내진 않았지만 둘이 아는 사이라는 걸 학생들은 알 수 있었다. 뮤지컬 배우인 해연이 엄마와 절친이라고 선생님이 인터뷰도 했으니 말이다. 해연이는 홀가분한 표정으로 무대 위에 뛰어 올라갔다.

"내가 그 유명한 암네리스다."

시작도 하기 전에 해연이는 난데없이 팔을 양쪽으로 쫙 펼치더니 대사를 외쳤다. 그 말에 아이들은 빵 하고 터져버렸다.

"재, 하여간……."

"기백이 장난 아냐."

"끼가 아주."

선생님조차 웃음을 참지 못해 반주하지 못하고 있었다.

"퀸은 바로 갑니다!"

다시 한번 아이들의 웃음이 터져 나온 가운데 선생님이 반주를 시작했다. 뮤지컬 〈아이다〉의 넘버 'My strongest suit'는 그야말로 당당한 매력을 뽐내야 하는 곡이다. 내가 최고라는 자신감이 돋보여야 하기에 무엇보다 끼와 기가 중요하다. 해연이는 그 두 마리 토끼를 모두 잡았다. 노래를 잘하는 것은 당연하고 연기도 놓치지 않았다. 무대를 잡아먹을 듯이 뛰어다니며 제스처도 크고 당당하게 했다. 그 모습에 아이들은 마치 공연을 관람하듯 무대를 감상했다. 단 한 사람만 빼놓고. 유주는 해연이의 무대를 절반쯤은 보지 않았다. 머리를 내려뜨린 후 에어팟을 켜서 자신의 과제 곡을 들으며 속으로 따라 하기 바빴다. 이렇게 비교만 된 채로 수업을 끝낼 수는 없으니까. 그리고 드디어 유주가 호명되었다.

"하유주 나오세요."

"네……."

자신 없는 듯 발을 질질 끌면서 앞으로 나섰다. 건반에서 눈을 뗀 채로 자신을 바라보는 선생님의 시선도 피한 채 뒷짐을 지고 그대로 섰다. 선생님은 그런 유주의 마음을 꿰뚫어 보기라도 한 듯이 심호흡을 하라고 시켰다.

"하아, 후우."

그리고 바로 반주를 시작했다. 전주가 잔잔하기 때문에 들어갈 부분을 맞추기가 쉽지 않아 한 번에 들어가질 못하고 엇박자로 들어갔다. 그러자 선생님은 반주를 멈추고는 다시 하라는 듯 처음부터 연주를 시작했다. 하지만 이번에도 그대로 흘려보내고 말았다. 조금 화가 난 듯한 선생님은 이번에는 손 모양으로 하나, 둘, 셋을 표시하며 들어갈 자리를 알려주었다. 하지만 유주는 노래를 시작조차 하지 못했다. 사색이 된 채로 어쩔 줄 몰라 하는 소녀를 보며 선생님은 신경질적으로 악보를 덮었다.

"유주? 유주라고 했지? 이거 이렇게 흘려보낼 거야? 귀한 시간을? 어떻게든 해내야지. 여기가 무대라고 생각해 봐. 이런 실수를 관객들이 용납하겠어? 연습이라고 해도 네가 아직 학생이라고 하더라도 이건 아니야. 딱 한 번만 더 해보고 다음 차례로 넘어갈게."

선생님은 손가락에 힘을 잔뜩 준 채로 연주를 시작했다. 이번에는 표시도 해주지 않았다. 틀리든 맞든 그냥 하라는 말로 알아들은 유주는 이번에는 아니다 싶어도 그냥 부르기로 했다.

"이 세상의 모든 얘기 소설이나 전설이나……."

전주에 맞춰 노래하는 데는 성공했다. 하지만 거기에 너무 집중한 나머지 유주는 흡사 염소 울음소리를 내듯이 노래 불렀다. 목소리가 너무 떨리는 데다가 작아서 아이들의 실소가 터져 나왔다. 반주에조차 묻힐 지경이었다. 하지만 그만두지는 않았다. 그렇게 끝까지 간신히 무대를 마치자, 얼굴이 새빨개져 터질 지경이라는 걸 느낄 수 있었다. 선생님은 한마디 하려다가 그 모습을 보고는 말을 삼켰다. 그러고는 들어가라고만 짧게 코멘트한 뒤 전체에 대고 한 소리 했다.

"애들아 못해도 자신감 있게 하자. 응?"

그 말 한마디면 충분했다. 유주의 자신감이 박살 나기에는. 자리로 돌아온 소녀는 손바닥을 손톱으로 벅벅 긁었고, 피가 송골송골 맺혔다. 그리고 그날 수업이 끝날 때까지 고개를 한 번도 들지 못했다.

4. 통에 담긴 간절함

'몇 시지?'

유주는 몸을 뒤척이며 스마트폰의 시간을 확인했다. 눈을 좀 붙였다고 생각했지만, 고작 이십 분이 지났을 뿐이다. 새벽 두 시부터 이십 분이나 삼십 분 간격으로 깨는 탓에 피곤함이 어깨에 잔뜩 내려앉은 듯했다.

한 시간 전에 다녀왔지만, 가만히 누워서 시간을 다시 보낼 수도 없어서 유주는 일어나 화장실로 갔다. 아랫배에 살짝 요의가 느껴져 양변기에 앉았지만, 소변은 나오지 않았다. 그대로 부엌으로 가서 식탁 의자를 끌어당겨 앉고는 멍하니 어둠을 응시했다.

"학교 가야지……."

지금부터라도 자두지 않으면 안 될 터였다. 아침 연습부터 전공 심화 수업까지 있어 열두 시간 넘게 학교에서 시간을 보내야 했다.

'에이, 다시 자자. 이제 잠 오겠지.'

냉장고에서 우유를 꺼내 전자레인지에 돌린 후 마시며 자신을 달랬다. 하지만 유주는 불안감과 두려움을 떨칠 수 없었다. 침대 위에 누웠다. 샤워가 조용한가 싶더니 이제는 벽시계의 초침 소리가 거슬리기 시작했다. 유주는 다시 일어나 시계를 떼어 건전지를 빼두었다. 멈춘 시계를 제자리에 걸고는 침대에 걸터앉았다.

'노래라도 들을까?'

가방 깊숙한 곳에 넣어둔 아이팟을 꺼내 스마트폰과 블루투스로 연결했다. 천 번도 넘게 들어서 이제 지겨운 곡. 'Every story is a love story'를 재생했다. 그때 정면에 있는 붙박이장이 유주 눈에 띄었다. 지은 지 삼십 년도 넘은 구축 아파트라 작은방에는 사람 둘 셋이 몸을 숨길 수 있을 정도로 깊고 큰 붙박이장이 있다. 그 속에는 오랫동안 쓰지 않은 두꺼운 이불이 서너 채 들어 있었다. 유주는 무엇에게 홀리기라도 한 듯이 한 손에 스마트폰을 든 채로 문고리를 잡아당겨 장롱 안으로 들어갔다. 두꺼운 이불 위에 몸을 누이고 노래를 들었다. 꽉 닫힌 문 사이로는 빛 한 줌도 들어오지 않았다. 그렇게 노래 속으로 빨려 들어가며 잠이 들었다.

"애가 갔나? 벌써?"

엄마는 기척이 없는 유주 방의 방문을 열었다. 그때 시각 새벽 다섯 시.

"에이, 모르겠다. 나 이러다 늦지."

엄마는 학비를 대기 위해 빌딩 청소일까지 시작한 터라 새벽 첫차를 놓치면 비싼 택시를 호출해야 했다. 그러면 한 시간 시급이 깎여나갈 터였다. 엄마는 더 둘러보지 않고 급한 대로 집을 나섰다. 그리고 유주는 여전히 붙박이장 안에서 깊은 잠에 빠져 있었다.

"하유주."

선생님이 출석을 불렀다.

"……."

하지만 대답은 들리지 않았다.

"유주 안 왔어요."

"안 온 것 같아요."

다시 돌아온 발성 수업에 유주는 모습을 보이지 않았다. 유주와 친한 아이들 둘이 대신 대답했다.

"연락 안 받아요."

"어쩔 수 없지. 그럼, 다음 나와."

그날 수업은 그렇게 유주 없이 진행되었다.

'몇 시지?'

유주는 컴컴한 붙박이장 안에서 몸을 반쯤 일으켰다. 여전히 재생되고 있는 노래. 하지만 시간을 확인하고는 깜짝 놀라 문에 몸을 세게 부딪히며 빠져나왔다.

"뭐야?"

등교하기에는 이미 너무 늦었다. 지금 가봐야 전공 심화 수업에나 간신히 모습을 비칠 수 있을 터였다. 유주는 머리카락을 양손으로 쥐어뜯었다.

"이 멍! 청! 이! 아, 근데 엄마는 나 왜 안 깨웠지?"

부재중 전화 네 통. 엄마의 연락은 없었다. 아마도 엄마는 자신이 붙박이장 안에서 잠든 줄 몰랐을 거라는 생각이 들었다. 유주는 잠시 고민하다가 운동복으로 갈아입고 스마트폰을 들고 그대로 집을 나섰다.

"프링글스 있죠?"

여울공원 앞 편의점에 들어서며 유주가 제일 먼저 찾은 건 과자였다. 기다란 원통에 들어 있는 바삭한 감자칩. 하지만 과자를 먹을 목적으로 사는 건 아니었다. 유주는 계산을 마친 뒤 쓰레기통에 내용물을 그대로 부어버리고 빈 통만을 든 채 공원으로 향했다. 달리는 사람들을 위해 만들어놓은 트랙을 돌면서 빈 프링글스 통에다 대고 노래를 부르기 시작했다.

'아직 숙지가 덜 되었어.'

들어가는 타이밍을 놓친 건 단순히 실수라고 볼 수 없다. 아무리 전주가 별다른 멜로디 없이 진행된다고 해도 많이 부르고 몸에 익혀놓으면 자동으로 튀어나올 터였다. 한때 화제가 되었던 아이돌 그룹의 무대 실수 영상에서도 그랬다. 사전 약속 없이 실수로 재생된 전주에 한 멤버가 본능적으로 자기 파트를 불렀다. 유주는 비록 오늘 하루 결석했지만, 그게 아깝지 않게 시간을 보내겠다고 마음먹었다. 그렇게 연습을 계속하다가 자정이 거의 다 되어서야 집으로 향했다. 이번에도 엄마 얼굴은 보지 못했다. 하루에 투잡을 뛰느라 고단한 엄마는 이미 안방에서 잠을 자고 있었다. 유주는 엄마를 깨우는 대신에 뜨거운 물에 샤워하고는 그대로 기절하듯 잠에 빠져버렸다.

"어제 왜 안 나왔어?"

"그게 몸이 좀 안 좋아서. 결석한다고 말을 못 했어."

"걱정했잖아!"

"전화도 안 받고!"

나연이와 연우는 그렇게 말하며 유주의 팔을 있는 대로 꼬집었다. 얄밉다는 표시를 하는 두 친구 얼굴에는 걱정이 묻어 있었다.

"미안. 나도 이렇게 될 줄 몰랐지. 아니, 너희가 날 생각할 줄은 몰랐다고!"

유주는 양손을 싹싹 빌며 미안한 표시를 했다. 그러자 나연이와 연우는 이내 풀어진 듯 갑자기 웃으며 유주를 껴안았다.

"우리 모두 패스 못 했어. 우리는 이제 한배를 탔다고."

나연이가 멋쩍게 말을 꺼냈다.

"너네도 다음 주에도 그 곡 하래?"

유주는 고개를 슬그머니 빼며 물었다.

"응……."

"시원하게 말아먹었다."

연우도 시무룩한 얼굴로 한마디 보탰다.

"이 길이 내 길인지 이제 회의가 든다. 한서예고 온 게 아주 후회가 된다."

나연이가 한숨을 푹 내쉬며 말을 이었다.

"그래도 그만두진 않을 거야. 너 그거 알아? 옆 반에는 벌써 포기자 나왔대. 자퇴했다잖아. 근데 울 학교에서 공부 좀만 열심히 하면 오히려 내신 따기는 쉬워서 수시로 대학 가긴 괜찮대. 그래서 나는 절대 저얼대 안 그만두고, 있는 듯 없는 듯 존재감 없이라도 살아남을 거야."

연우는 우울한 목소리로 자신의 뜻을 밝혔다.

"나도."

나연이도 그 말에 동의했다.

"난 아닌데?"

유주가 정색하자 두 아이는 샐쭉한 표정을 지으며 눈을 가늘게 뜨고는 소녀를 밀어버리는 시늉을 했다.

"너도 그렇게 될 거야. 암암. 우리랑 운명 공동체라고."

나연이와 연우는 일어서서 지갑을 들고 자판기가 있는 이 층으로 내려갔다.

혼자 연습하면서 피하지 않고 부딪히면 된다고 마음먹자 오히려 하루 결석한 것이 전화위복이 되었다. 밥 먹는 시간에도 쉬는 시간에도 유주는 아이팟으로 과제 곡을 듣고 또 들었다. 이제는 손가락으로 까닥거리며 박자를 맞추는 여유까지 생겼다. 전공 심화 수업 후에 아이들은 삼삼오오 모여 놀러 가기도 했지만, 유주는 같이 가자는 친구들의 제안을 거절하고 동네 코인 노래방에 가거나 빈 프링글스 통을 들고 동네 공원에 가 연습에 매진했다.

"유주야, 너 무슨 일 있어?"

"왜 엄마?"

"너 밤새 잠꼬대하던데? 흥얼거려. 무슨 노래 부르듯이."

"그래? 그 정도야?"

"적당히 해라. 적당히. 그러다 몸 축나."

"알았어요. 엄마. 걱정 마셔."

유주는 흐뭇한 마음에 혼자서 속으로 웃었다.

"하유주, 나오세요."

그새 일주일이라는 시간이 흘렀다. 오늘은 정말 연습한 대로, 몸에서 노래가 절로 튀어나올 정도로 해보겠다고 마음을 먹었다. 그래서였을까. 유주의 눈빛이 평소와 달리 단단하고 결연했다.

"음, 분위기가 좀 다르네. 오늘 잘하겠다."

그 모습을 본 선생님이 입을 열어 한마디 하고는 바로 반주를 시작했다. 이번에는 자연스럽게 노래를 부르는 데 성공했다. 대사를 하는 거지만 내레이션에 더 가깝다는 생각으로 친절하게 가사를 내뱉었다. 분위기가 갑자기 확 전환되는 부분에서는 머리를 반대쪽으로 세게 돌리며 불렀다. 샤우팅으로 고음을 내지를 때 여전히 힘이 부족했지만, 자신감을 잃지 않자 당당한 기품이 넘치는 듯했다. 유주는 어느새 노래를 성공적으로 마칠 수 있었다. 백팔십도 달라진 모습에 진해연과 서연주도 손뼉을 치며 휘파람을 불어줬다. 연우와 나연이도 떨떠름한 표정으로 손뼉을 쳐주었다. 유주는 그제야 가슴에 얹혀 있던 큰 돌 하나가 쑥 하고 내려가는 기분이었다. 말 그대로 홀가분한 느낌을 만끽하며 자기 자리로 돌아왔고, 완벽한 고음과 엄청난 연기를 선보이는 두 라이벌의 모습에도 기가 죽지 않았다. 그야말로 자신과의 싸움에서 승리한 셈이니까.

5. 아웃 투나잇

"어이 붙박이 왔어?"

"오늘도 일찍이네?"

아침 연습 시간, 정규수업이 시작하기도 전이지만, 아이들은 한 시간 삼십 분 일찍 모여 몸을 풀고 노래부터 무용까지 연습했다. 어느덧 한 학기의 절반가량 해오다 보니 고정 멤버도 생겼다. 민이와 준섭 그리고 유주는 거의 한 번도 빠진 적이 없을 정도로 열심이었고, 그중에서도 가장 열심인 사람은 바로 유주였다. 오늘도 유주는 일찍 등교했다. 아무도 없는 길을 걸으며 아이팟으로는 과제 곡을 챙겨 들었다.

지난주에 받은 넘버는 바로 뮤지컬 〈갬블러〉의 'Limelight'. 어렵진 않지만, 성공에 대한 열망을 실어 인상적으로 불러야 한다는 게 어려웠다. 아직 성공이라는 개념이 멀게만 느껴져 집중하기 힘든 것도 사실이었다.

이 때문에 선생님은 목숨을 다해 이기겠다는 마음을 잡아먹을 듯이 강하게 표현해 관객들에게 전달하라고 주문했는데, 유주는 고민만 늘었다. 하지만 다행인 건 적응하기 어려웠던 초반과 달리 유주가 빠르게 학과 생활에 녹아들고 있다는 점이었다. 오늘도 자신을 반기는 두 친구에게 웃어 보이며 묵직한 뭔가를 건넸다.

"이거 뭐야?"

"보면 알지."

"야! 웬 와플 메이커?"

"우리 무슨 요리해?"

"아니, 아침 안 먹고 왔을 것 같아서 같이 해 먹자고. 어차피 기계가 알아서 해주니까. 반죽 가져왔어."

일 때문에 바쁜 엄마지만 유주가 학교생활에 마음을 붙이고 매진하는 걸 알기에 평소 와플을 좋아하는 유주를 위해 와플 메이커를 사주고 반죽까지 준비해 줬다. 이미 토스터를 사용해 아침을 해 먹은 적도 있었지만, 연습할 때도 기분을 내면 좋겠다고 생각해서 유주는 이 무거운 걸 쇼핑백에 담아서 이고 왔다.

"대박!"

"이거 반죽만 부어서 이따가 먹으면 되겠네?"

"야, 빨리 진행시켜."

"세팅해."

아이들은 그걸 받아서 교실 뒤편에 꽂아두었다. 와플 반죽은 열 명이 먹어도 충분한 양이었다.

"너 어디까지 마스터했어?"

준섭이가 물었다.

"나, 아직 일 절만 간신히 하는 중인데, 쉽지 않네."

민이가 답했다.

"이번에 받은 곡이 〈스프링 어웨이크닝〉 거라고 했나?"

"나 남자 친구 사귄 적이 없어서 몰입이 잘 안 된다."

민이는 조금 멋쩍어하며 답했다.

"연약한 이미지가 너랑 딱 맞는데? 유주는 뭐 해?"

준섭이가 대상을 바꿔 이번에는 유주에게 물었다.

"나, 'limelight'라고 좀 오래된 넘버이기는 한데 쉽지 않네."

유주는 발끝으로 땅을 차며 답했다.

"나, 지난번에 너 했던 거 기억해. 선생님한테 완전 까이던데? 크크크."

준섭이는 아주 고소하다는 듯이 말했다.

"준섭! 너는 뭐 잘했냐? 그렇게까지 이야기하냐?"

민이가 준섭이의 등짝을 후려치며 나무랐다.

"괜찮아, 난. 까인 건 뭐 까인 거지. 근데 엄청나게 연습하는 중이니까 곧 되겠지. 너나 잘해. 준섭 씨."

이제 유주는 마음이 조금 단단해졌다. 꺾이지 않는 것까지는 불가능하겠지만 구부러졌다가도 다시 제자리를 찾는 정도는 가능하게 되었으니까. 아이들은 그렇게 잡담을 마치고 아침 연습을 시작했다. 넓은 강당에 서 있는 십여 명의 아이들이 땀으로 얼굴과 몸을 적시면서도 열정을 불살랐다.

"야, 이거 완전 맛있다. 연습하고 먹으니까 꿀맛!"

"완전 최고!"

다들 유주에게 엄지를 들어 보였다. 와플을 하나씩 먹은 아이들은 체육복으로 옷을 갈아입은 뒤 첫 시간을 맞이했다. 그 모습을 본 담임선생님은 한마디 하려다가, 아이들이 연습하다가 땀범벅이 되어 갈아입은 걸 알고는, 다음부터 갖춰 입자고만 말하고 넘어갔다.

"자, 애들아. 특별한 소식이 있다. 우리 이제 곧 체육대회 하는데 뮤지컬학과가 무대를 선보이게 되었다. 일종의 버스킹 같은 건데, 공연을 통해 모금한 금액은 전부 기부한다고 하니까 힘내서 해보자고."

"우와!"

"대박!"

예고에 들어와 처음 경험하는 체육대회에서 버스킹이라니, 아이들은 이내 웅성대기 시작했다.

"무슨 노래를 한대?"

"그건 우리끼리 정하는 건가?"

그때 담임선생님이 다시 끼어들었다.

"그래서 투표할 건데 우리 학과가 하면 좋을 것 같은 공연을 적어서 내줘. 종이에 써서 반장한테 전달하면 그거 보고 다수결로 결정할 테니까 신중하게 써서 내고. 장난치지 말고."

"장난이라고 하면, 어떤 거요?"

"자기가 못할 것 같은 거 써내지 말라고. 그리고 좀 무효표 만들지 말고."

그 말에 아이들의 눈길이 뒤편에 앉아 단어장을 보고 있던 둘에게 쏠렸다. 나연이와 연우는 이미 전공에 마음이 떴다. 예고 진학을 실패라고 생각해 내신에만 집중하고 있었다. 유주에게도 함께하자며 한 번 회유하기도 했다. 반에서 하는 일이라면 무엇이든 무심한지라 아이들은 이 둘을 좋아하지 않았다.

"네, 쌤!"

아이들은 이내 종이에 자신이 하고 싶은 뮤지컬을 하나씩 적어 냈고, 반장이 이를 집계하기 시작했다.

"레베카."

"지하(지킬 앤 하이드)."

"렌트."

"스프링 어웨이크닝."

"렌트."

"서편제."

"엘리자벳."

"렌트."

"렌트."

"렌트."

모든 표를 확인하고 버스킹 작품이 결정되었다. 일곱 표를 받은 뮤지컬 〈렌트〉였다. 브루클린의 가난한 예술가 이야기를 다룬 록 베이스가 돋보이는 작품이다. 유주는 이때부터 갑자기 가슴이 설레기 시작했다. 자기가 너무 좋아하는 작품인 데다가 주인공인 미미와 자기가 나름 색깔이 잘 맞을 것 같다는 생각이 들었기 때문이다. 하지만 생각이 거기까지 닿자, 라이벌로 여기던 두 명이 머릿속에 떠올랐다.

'진해연, 서연주.'

그들이 주인공 미미가 되어 무대에 선 모습을 상상해 보았다. 역시 해연이가 잘 어울릴 것 같다는 생각이 들었고, 동시에 위협적으로 느껴지기 시작했다. 끼가 드러나야 하고, 연기와 춤을 빼놓고는 말할 수 없는 역할이기 때문이다. 또한 넘버 'Out Tonight'까지 소화할 수 있는 노래 실력을 갖춰야 했다. 유주는 즉시 목을 가다듬고 아주 작은 소리로 노래를 불러보았다.

"드디어 나의 시간이 시작됐네……."

그러고는 플레이리스트에 〈렌트〉의 노래들을 추가하기 시작했다.

"애들아, 주인공 미미를 누구로 할지는 공정하게 전공 쌤한테 맡기는 게 어때?"

반 아이들 중 한 명이 동의를 구하자 아이들이 한목소리로 답했다.

"좋지."

그와 동시에 아이들은 말을 하나둘 얹었다.

"그래, 차라리 그게 낫겠다."

"그럼, 우리 실기 시간에 불러서 쌤 피드백 받고 결정하자."

"투표는 안 할 거야?"

"거기서 투표까지 할 시간은 없을 것 같은데?"

"그럼, 선생님 의견에 따라 정하기로 하고. 만약 반대가 있으면 그때 다시 한번 불러서 결정하든지 하자고."

"그래, 좋아!"

아이들은 각자 원하는 배역의 넘버를 준비하기 시작했다. 아침 연습은 그 덕분에 분위기가 싹 바뀌었다. 뮤지컬 〈렌트〉는 주요 인물이 많아 웬만하면 한 역할씩 맡을 수 있지만, 여자들은 대부분 '미미' 역할을 하고 싶어 하기 때문이다. 체육대회 버스킹 무대는 어느덧 마치 학기 정기 공연처럼 열띤 양상으로 변하고 있었다. 특히 아이들은 진해연과 서연주가 연습할 때면 자기 연습을 멈추고 그들의 노래를 들으려 애를 썼다.

"이번에 진해연이 미미 하겠지?"

"그렇지 않을까? 연기까지 완벽하게 되는 건 걔밖에 없지 않아?"

"나도 미미 하고 싶긴 한데……."

"안 될 건 없지."

유주는 그 대화에 끼지도 못한 채 숨만 꼴딱꼴딱 삼키며 노래를 듣는 척했다. 진해연이 미미를 노릴 것 같다는 자신의 예상이 맞는다면 제대로 준비해야 했다. 그렇게 유주는 미미 역할에 목숨을 걸었다. 아침 연습이 아니라 새벽 연습을 따로 시작해 세 시간 일찍 학교에 모습을 드러냈고, 주말에는 산책한다는 핑계로 단지 안을 걸으며 노래를 불렀다. 덕분에 주민들의 눈총을 사기도 했다. 주말 심야 시간 고성방가 금지라는 공지가 게시판에 붙을 정도로.

“드디어 나의 시간이 시작됐네! 내 몸이 말해주네. 즐길 때라는 걸.”

다소 발칙한 가사처럼 드디어 버스킹 무대의 역할을 정하는 오디션 날이 찾아왔다. 미미 역할에 지원한 아이는 총 다섯 명. 그중에는 유주와 진해연 그리고 서연주도 있었다.

“자, 그럼 시작해 볼까? 미미 하고 싶다고 ‘Out Tonight’을 다섯 명이 가지고 왔네. 다 생각은 변함없는 거지?”

진해연이 여유로운 눈빛으로 팔짱까지 끼고 선 모습을 보고 다른 지원자들이 겁을 내는가 싶었지만, 한 명 빼놓고는 그대로 도전하겠다는 의사를 밝혔다. 그리고 드디어 시작된 오디션. 진해연이 손을 들고 맨 처음으로 해보겠다며 나섰다. 역시나 진해연은 미미의 도발적이면서도 당당한 면모를 잘 살려 연기까지 해 보였다.

"갈 거예요!"

고음도 시원하게 질러 아이들의 박수가 절로 나왔다. 모두 마음속으로 진해연을 넘어서기는 쉽지 않을 거라고, 미미는 진해연이라고 생각하는 듯했다. 그때 유주가 나섰다. 이제 더는 뒤로 물러설 곳이 없다고 되뇌었다.

'비교당할 거면 차라리 제대로 비교당하고 박살 나자.'

유주는 노래를 시작했다. 해연이와 조금 다른 느낌이었다. 수줍은 듯한 느낌을 살리면서 그걸 감추기 위해 과장하는 듯한 풋풋한 분위기를 가져갔다. 농익은 노련함보다는 젊은이의 치기가 더 느껴지는 연기를 선보였다.

미미 역할을 지원한 모든 아이들의 무대가 끝난 뒤 선생님은 유주를 동그란 눈으로 빤히 쳐다봤다.

"내 생각은, 이건 취향의 차이일 것 같기도 한데, 나는 유주가 미미 역할에 어울린다고 생각해. 다른 애들도 충분히 잘했는데, 유주 노래는 뭔가 어리숙한 열정의 느낌도 담겨 있어."

그렇게 버스킹 무대의 주인공은 유주가 되었다. 기뻐서 두 손으로 얼굴을 감싼 유주에게 진해연도 다가와 잘했다는 인사를 건넸다. 미미가 되지 못한 아이들 둘은 축하한다는 말을 건네지는 않았지만, 반대 의사를 표시하지 않는 것으로 동의했다.

6. 무대 아래

유주는 오늘도 새벽 다섯 시에 일어나 동네 두 바퀴를 돌며 연습한 뒤, 버스 첫차를 타고 등교했다. 일곱 시 삼십 분부터 시작하던 아침 연습은 버스킹 무대를 위해 언젠가부터 먼저 오는 대로 시작하게 되었다. 그리고 매번 가장 일찍 도착하는 학생은 유주였다. 프링글스 통 안에 대고 소리치는 대신에 맘껏 소리 질러도 상관없는 강당에서 노래를 처음부터 끝까지 불렀다. 반주자가 오면 그제야 합을 맞췄다. 유주가 마스터해야 할 넘버는 두 가지였다. 혼자 부르는 'Out Tonight'과 듀엣곡인 'Another Day'였다. 듀엣곡은 상대인 한범이가 오는 대로 시작했기에 소년을 기다리며 소녀는 자신의 파트를 익히고 또 익혔다.

"'Sesons of Love' 시작하자."

하지만 이 공연의 하이라이트는 다 같이 나와 부르는 합창곡인 〈렌트〉의 대표 넘버, 'Sesons of Love'였다. 반장은 유주가 혼자 연습할 시간을 충분히 주고, 연습이 끝나면 아이들을 모아 단체곡을 시작할 수 있게 해주었다. 일종의 특혜였다. 그걸 모르지 않는 유주는 그런 반장에게 눈을 찡긋하며 사과잼과 생크림을 잔뜩 바른 와플을 건네주곤 했다.

"얘들아, 이제 진짜 얼마 안 남았어. 제대로 보여주자고. 응?"

버스킹 공연이 일주일 앞으로 다가왔을 때, 반장이 유독 기합을 넣으며 이야기했다. 다른 학과 앞에서 '뮤지컬학과'라는 이름을 달고 하는 공연은 처음이었기에 아이들도 긴장하는 듯했다. 하지만 유주만은 달랐다. 컨디션이 그야말로 최상이었다. 자신이 무대에 서서 스포트라이트를 받는 상상을 밤마다 했다. 그 때문인지 매일 열두 시간이 넘는 연습에도 지치질 않았다. 자신도 이상하다고 생각하긴 했다.

'뭐지? 내가 이 정도로 체력이 좋았나?'

그렇게 어느덧 공연은 오 일 앞으로 다가왔다.

"오늘도 좋은 아침!"

유주는 이날도 아침 연습을 하기 위해 서둘렀다. 엄마는 전날에도 늦게 퇴근했지만, 딸을 위해 와플 반죽을 해놓았다. 유주는 반죽 통을 쇼핑백 안에 담고는 힘차게 인사한 뒤 집을 나섰다. 그런데 오늘은 왠지 몸 상태가 달랐다. 목에 칼칼한 기운이 느껴졌다.

'이상하네. 어제 무리해서 그런가?'

전날 듀엣곡을 열 번 넘게 맞춰보고 또 솔로곡으로 리허설도 다섯 번이나 했다. 하지만 탈이 날 것이라고는 생각하지 못했기에 당황스러웠다. 아이팟으로 노래를 틀고 허밍으로 따라 하는데도 목이 아파서 계속할 수가 없었다. 마치 목구멍에 유리 조각이 박혀 있는 듯했다. 하지만 곧 나아질 거라 생각하며 가방 안쪽에 있던 목 보호용 스카프를 목에 둘렀다. 노래를 멈추고 음악을 듣기만 하며 학교에 갔다.

"오늘 어때?"

"좋아!"

반 아이들이 다 모인 가운데 늘 외치는 구호를 하고 합창곡을 연습했다. 단체로 'Sesons of Love'를 부르는데, 유주는 목이 나아질 기미가 보이지 않았다. 결국 립싱크처럼 입만 벙긋

벙긋하다가 반장에게 속사정을 털어놓았다.

"반장, 나 오늘 목이 너무 아파서 단체 연습은 못 할 것 같은데……."

유주가 매사에 최선을 다하는 걸 아는 반장은 잠시 쉬라며 오늘 하루는 함께하지 않아도 된다고 했다. 친구들이 연습하는 동안 유주는 혼자 따로 빠져나가 운동장에서 노래를 들으며 다시 허밍으로 목을 풀어보았다. 조금 괜찮아진 것 같아 'Out Tonight'을 조금씩 따라 부르며 운동장을 돌았다. 그렇게 세 바퀴쯤 돌았을 무렵, 갑자기 목에서 쉰소리가 나기 시작했다. 유주는 당황해 그 자리에 멈춰 섰지만, 이대로 연습을 멈추고 싶진 않았다. 이제 정말 얼마 남지 않았다. 공연에서 최고의 기량을 보여주어야 한다. 그래야 자신이 한서예고에 실력으로 들어왔음을 입증할 수 있고, 대단한 배경이 없이도 잘할 수 있다는 걸 라이벌에게 증명해 보일 수 있다.

'암, 이 정도로 물러설 내가 아니지.'

유주는 그날 학교에서 될 수 있으면 말을 하지 않고, 묵언수행 하듯 시간을 보냈다. 아이들은 유주가 이상하다고 생각했지만, 컨디션이 좋지 않나 보다 하고 내버려두었다. 그날은 그렇게 지나갔다.

“엄…… 마?”

그날, 밤에서 새벽으로 넘어가는 시각. 유주는 풋잠이 들었다가 깼다. 이상하게도 목에서 열이 펄펄 났다. 목이 타들어 갈 정도로 아파 견딜 수가 없었다. 엄마가 피곤한 몸을 이끌고 잠자리에 들었다는 것을 알고 있어서 깨울 수 없는 상황이었지만, 절로 엄마를 찾을 만큼 심하게 아팠다. 결국 유주는 안방으로 가서 문을 빼꼼히 열고는 이불 밖으로 삐져나온 엄마의 두 다리를 찾아 잡아당겼다.

“으으응? 유주야, 무슨 일 있어?”

간신히 잠에서 깨어 부스스한 몰골로 몸을 일으키며 이렇게 묻는 엄마에게 유주는 자기 목을 손으로 가리켜 보였다.

“불 좀 켜 봐. 안 보여. 말로 해. 뭔데? 뭐 필요해?”

유주는 불을 켜고는 자기 목을 가리켰다.

“엄마 목이, 목이 너무 아파.”

“어이구 약 먹었어? 집에 약이 있나?”

“없어.”

"종합 감기약이라도 일단 먹고 자. 엄마가 목에다 뭐 둘러줄 테니까."

"근데…… 소리도 잘 안 나와."

"그 정도야?"

"어쩌지? 나, 무대 얼마 안 남았는데……. 다들 기대하는데……."

다급한 나머지 유주의 눈에 눈물방울이 맺히기 시작했다. 엄마는 그걸 보자 정말 큰일이라는 걸 깨닫고는 딸의 손을 잡고 거실로 가 감기약을 먹게 하고, 얇은 수건 한 장을 목에 둘러주었다.

"엄마가 오늘은 옆에서 같이 잘게. 무슨 일 있으면 깨워. 알았지?"

"응. 일단 참아볼게."

그렇게 유주는 다시 잠을 청했다.

이튿날, 유주는 불쾌함에 눈을 번쩍 떴다. 이제는 몸 전체가 으슬으슬 떨려오며 아팠고, 목에서 열감이 심하게 전해졌다. 범상치 않은 기운이 느껴져 반장에게 카톡부터 보냈다.

"나, 오늘 아침 연습은 못 할 것 같아. 사정이 있어서. 이따 조회에도 조금 늦을 것 같아. 담임 쌤한테 잘 말해주라."

종합 감기약 한 알을 다시 입에 털어 넣고 억지로 잠을 청했다. 그러고는 세 시간 뒤 깨어 학교 대신 병원을 찾았다.

"접수하시겠어요?"

"하유주입니다."

"우리 병원에 온 적 있으세요?"

"아뇨."

"그럼, 이거 써주셔야 해요."

데스크 직원이 종이 한 장을 내밀었다. 다른 인적 사항은 쉽게 써 내려갔지만, 불편한 부분에 대해 적으라고 하는 칸에서는 멈칫했다.

"목이 아프고 따끔따끔함. 열이 나고 목소리가 잘 안 나옴. 감기 기운도 있는 것 같음."

그렇게 적어 내고서는 앉아서 기다렸다. 진료를 받으려고 십수 명의 사람들이 대기하고 있었다. 한 시간 정도 흘렀을 무렵, 유주를 호출하는 소리가 들려 진료실로 들어갔다. 마스크를 한 의사 선생님이 반기면서 앉으라고 손짓했고, 유주가 적어 준 내용을 확인하고는 입을 벌리라고 했다.

"흠, 내시경을 해봐야 할 것 같은데요."

"내시경이요? 목도 그런 게 있어요?"

쉿소리를 내며 유주가 간신히 말했다. 그러자 의사 선생님은 고개를 끄덕이며 성대에 문제가 있는 경우에는 꼭 확인해 봐야 한다고 말하며 준비하기 시작했다. 카메라가 달린 가느다란 선을 입속에 넣더니 화면을 보며 이리저리 계속 손을 놀렸다. 그렇게 몇 장의 사진을 찍은 뒤 유주에게 보여주었다. 소녀는 자기 성대가 찍힌 화면을 보며 의사 선생님이 뭐라고 말할지를 기다렸다.

"성대결절이네요. 혹시 목 많이 썼어요?"

"네?"

"성대결절. 주로 목을 많이 쓰거나 말을 많이 하시는 분들이 걸리는 질환인데, 학생도 목을 많이 사용했나 보네요."

"성대결절이 진짜 맞아요?"

"여기 보세요. 성대가 붙었다가 떨어지는 여기를. 보면 딱 알죠. 여기가 부어 있는 데다가 결절이 딱 보이잖아요."

"저, 선생님. 노래를 부르는데요. 중요한 무대에 서야 하는데 혹시 그때까지만 어떻게 버틸 수 있는 약이 없을까요? 왜 가수들 공연할 때 진통제도 맞고 그러던데……."

"학생, 그런 건 없어요. 그렇게 쉽게 나을 증상이 아니라고요. 일단 될 수 있는 대로 목을 쓰지 말고 지내야 해요. 말도 거의 하지 말고요. 노래를 부르면 더 심해지고 무엇보다 노래도 잘 안 될 거예요."

"저, 선생님! 저 좀 살려주세요. 한 번만 도와주세요."

"장기적으로 보면 지금 치료하면서 살살 쓰는 게 맞아요. 한 번 생기면 재발할 확률도 높고요. 그리고 솔직히 말하자면, 이렇게 될 때까지 병원 안 오고 뭐 했어요? 성대결절은 전조 증상이 있는데."

의사 선생님은 이렇게 말하고는 등을 돌려 처방전을 입력하고, 다음 환자를 호출했다. 유주는 머리를 한 대 세게 맞은 듯한 충격을 느끼며 일어나 밖으로 나왔다. 네블라이저 치료를 받은 뒤 약국에서 처방전대로 약을 탔다. 학교에도 가지 못하고, 병원 근처 벤치에 앉아 깊은 고민에 빠져들었다.

'어떡하지. 이 사실을 이야기해야 하나? 아니야, 말하면 다른 애로 바꾸자고 하겠지? 뭐, 뻔해. 진해연이 하든가 아니면 서연주가 할 거야. 역할을 이렇게 넘겨줄 순 없어. 그냥, 하자. 어차피 조금만 버티면 되잖아.'

유주는 천천히 학교로 향했다.

"무슨 일이야?"

"네가 아침 연습에 안 나오다니 무슨 일이래?"

"한범이가 너 엄청 많이 찾았는데."

유주는 아이들의 말에 답하지 않고 그대로 책상 위로 엎드렸다. 그러자 아이들은 수군대다 이내 자기 자리로 돌아갔다. 유주는 그렇게 종일 말하지 않고 버텨볼 생각이었다.

'오늘은 어차피 전공 춤 시간이니까 상관없을 거야.'

유주는 그렇게 아이들에게 종일 말 한마디 건네지 않고, 대답도 하지 않고, 냉랭한 태도를 보였다. 그걸 두고 아이들은 이러쿵저러쿵 추측하며 입방아를 찧었다.

"엄마……."

상황은 더 심해졌다. 엄청난 통증이 목에서부터 올라왔다.

이제는 쉰소리마저 작게 나서 바로 옆이 아니면 유주의 목소리를 알아차릴 수 없을 지경이었다. 공연은 사흘 앞으로 다가왔다. 내일은 총연습을 하기로 한 날이라 학교에 빠질 수도 없었다. 유주는 엄마 앞에서 눈물을 쏟았다. 카톡에 글씨를 적어 말을 대신했다.

"엄마, 나 성대결절이래……. 오늘 병원 갔는데 의사 선생님이 나더러 노래하지 말래. 나 어떡해?"

엄마는 유주를 안타까운 마음으로 바라보며 두 팔을 벌려 꼭 안아주고, 귓가에 이렇게 속삭였다.

"유주야, 기회가 이번 한 번만 있는 건 아니잖아. 의사 선생님이 말씀하신 대로 치료 먼저 해야 해. 길게 봐야지. 이럴 때일수록 돌아가는 게 맞아."

엄마는 딸을 옆에 누이고 토닥이며 밤새 눈을 붙이지 않고 딸을 간호했다.

다음 날, 반장이 아이들을 한데 모으며 크게 말했다.

"오늘 총연습 한 번 갈게요!"

그러다 반장은 유주의 어두운 얼굴을 발견하고는 물었다.

"유주야, 괜찮아? 무슨 일 있어?"

유주는 어두운 표정으로 반장에게 속삭였다.

“나, 목소리가 안 나와.”

“어? 뭐라고?”

“나, 목소리가 안, 나, 온다고.”

“왜? 무슨 일인데!”

“성대결절이래.”

“노래는 할 수 있는 거야?”

“모르겠어. 해봐야 알 것 같아.”

“아니, 말도 잘 못하는데 이 상태로 노래한다고? 어떻게?”

“몰라.”

유주는 자기 자리로 되돌아갔다. 반장은 이 상황을 어떻게 해야 할지 몰라 망설이다가 다시 소녀를 찾아와 물었다.

“일단 해볼래?”

“어…….”

그리고 드디어 소녀의 차례가 돌아왔다. 모두의 시선이 유주에게 쏠렸다.

“드디어 나의 시간이 찾아왔네. 내 몸이 말해주네. 즐길 때라는 걸.”

첫 소절을 부르자마자 아이들은 뭔가 잘못되었음을 바로 감지할 수 있었다. 바람 빠진 쇳소리가 아주 작게 흘러나왔기 때문이다. 유주는 도저히 다음 소절까지 부를 자신이 없어서 무대에서 내려왔다. 아이들은 유주가 그동안 말하지 않고, 연습에도 참여하지 않은 이유가 목 때문이었다는 걸 이제야 알았다. 거기에 반장의 설명까지 더해져 모두가 상황이 심각하다는 걸 알고 말았다. 그렇게 유주는 다 마치지도 못한 무대를 뒤로하고 강당을 빠져나와 화장실에서 숨죽여 울었다. 너무 열심히 한 것도 잘못이라는 생각을 하며 자책하고 또 자책했다.

7. 이 이야기엔 끝이 없지

"나 여기 아이라인 좀 그려줘."

"나는 여기 점 좀 찍어주라."

"나, 이거 뷰러로 올리는 게 잘 안 되는데, 해주면 안 돼?"

십수 명의 아이들이 저마다 다른 이유로 스태프를 찾았다. 체육대회 버스킹 무대를 앞두고 아이들이 헤어와 메이크업을 직접 해야 했기에 모두 분주했다. 서툰 손길로 화장하고 머리를 매만지자면 친구의 손길이 필요했다. 유주는 아이들이 앉아 있는 곳곳을 돌아다니며 도움을 줬다. 하지만 마음은 불편했다. 그래도 내색할 수는 없었다. 학과 이름을 걸고 하는 첫 공연이었다. 자기 때문에 큰 문제가 생길 수도 있었다. 유주는 무대에 서지 못하지만, 그 빈자리는 훌륭한 보컬인 진해연이 메꾸기로 했다.

"이렇게 해주면 돼? 나도 잘 못하는데, 여기 동영상 보면 이렇게 하래."

"이 정도면 됐지. 야, 완전 예쁘다."

음영 메이크업을 부탁하는 친구를 위해 유튜브의 영상까지 찾아보며 분장해 주었다. 그러자 친구는 고맙다는 표시를 하며 윙크까지 해 보였다. 다른 친구는 좀더 관능미 있게 보이고 싶다며 점을 찍어달라고 했다. 마침 아이라이너를 다 쓴 상황이라 유주는 대신 컴퓨터용 사인펜으로 작고 앙증맞은 점을 입가에 찍어주었다.

"대박! 머리 좋다!"

그렇게 하면서도 마음은 여전히 불편한 유주였다. 대신 나연이와 연우, 두 명의 소녀들이 유주와 함께 움직여 주는 덕에 그나마 외로운 마음을 조금은 덜 수 있었다.

"너 단체 무대도 안 할 거지?"

"그걸 왜 해? 티도 안 날걸?"

"나도 그냥 안 할까 해."

목소리가 아예 나오지 않는 유주에게 반장은 'Seasons of Love' 무대에는 같이 서자고 제안했다. 작은 소리로 부르더라도 괜찮으니 헤어와 메이크업을 하고 의상을 갖춰 입자고 한 것이다. 하지만 유주는 어쩐지 내키지 않았다. 스태프로 참여하는 나연이와 연우에게도 그런 제안이 간 것 같은데, 아니나 다를까 그 둘은 다른 이유로 거절했다. 시간을 뺏기고 싶지 않다는 것. 한 학기의 중반밖에 지나지 않았으나 둘은 이미 학과에 대한 애정이 식은 차원을 넘어서 아예 관심이 없어진 듯했다. 전공 심화 수업도 빼먹고 나머지 시간에 따로 수능 시험을 준비한다고 했다. 심지어 유주에게 이런 일이 벌어지고 나서는 같은 스태프인 유주에게 함께 스터디 하자고 제안하기도 했다.

"어차피 들러리를 하느니 우리도 우리 인생 살아야지."

"주인공은 정해져 있다니까. 우리가 아무리 잘해봐야 진해연이나 서연주 발끝에나 따라가겠어? 이것도 다 재능 싸움이라니까."

둘은 그런 면에서는 뜻이 잘 맞는 듯했다. 유주는 그 제안을 받고서 영 내키질 않아 답을 미루고 또 미뤘다. 아직 학과에 대한, 무대에 대한, 뮤지컬에 대한 미련이 남아 있었다.

"자, 이제 나가자!"

아이들은 반장의 말에 일사불란하게 움직이기 시작했다. 모자를 고쳐 쓰고, 숄을 어깨에 두르고, 부츠를 신고, 비범한 모습을 한 채 운동장으로 나섰다. 스탠드에는 이미 아이들이 모여 앉아 뮤지컬학과의 공연을 기다렸다. 가설무대도 세워져 있지 않고 운동장 바닥에 서서 관객들이자 친구들을 올려다보며 하는 버스킹 무대였지만 뮤지컬학과 아이들은 즐겁기만 했다.

"자, 뮤지컬학과가 엄청난 무대를 보여준다고 하는데요. 이번 무대를 보고 마음에 든다면 성의를 표시해 주세요. 전액 기부됩니다."

마침내 시작된 공연. 유주는 자신을 대신하는 진해연의 무대를 차마 볼 수는 없어 재빨리 뒤돌아 스탠드 쪽으로 미친 듯이 달리기 시작했다. 하지만 그 카랑카랑하고 시원한 목소리는 마이크를 타고 소녀를 쫓아왔다. 그렇게 빈 교실에서 소녀는 공연이 끝날 때까지 창문을 닫고 책상에 엎드려 있었다.

'빨리 끝나라. 제발.'

하지만 귓가에 들려오는 엄청난 함성과 노랫소리는 피할 수 없었다. 어쩌면 피하고 싶지 않았을지도 모르겠다. 유주는 그렇게 고문이라도 당하는 듯한 심정으로 자신이 끝내 서지 못한 무대를 외면했다. 그리고 그날 이백사십만 원이라는 사상 최대의 금액이 모였다. 뮤지컬학과 버스킹 무대 역사상 가장 큰 액수로 전액 유기견 보호센터에 기부되었다. 아이들은 한서예고에 오길 잘했다며 무대의 참맛을 맛봤다고 내내 들떠 행복함을 감추지 못했다. 그 속에서 유주는 고립된 섬처럼 우두커니 있을 수밖에 없었다.

"유주 너 계속 전공 심화 안 들어올 거야?"

민이가 의아한 듯 유주에게 물었다.

"에이, 설마. 목이 아직 안 나아서 그런 거겠지."

이때 준섭이 대신 끼어들어 답했다.

"아침 연습은 왜 안 오는데? 너가 없으니까 와플을 못 먹잖아!"

민이가 답답하다는 듯 말했다.

"야, 너는 친구를 걱정하는 게 아니라 와플 먹으려고 찾냐? 어이구!"

준섭은 그런 민이의 머리를 가볍게 쳤다.

"응……. 나갈 거야."

유주는 뜸을 들이다 겨우 대답했다. 방과 후에 나연이, 연우와 함께 스터디 한다는 사실을 굳이 말할 필요는 없을 듯했다. 체육대회 버스킹 무대 이후, 유주는 줄곧 수업을 등한시했다. 예전처럼 하루 만에 가사 숙지를 하지도 않았고, 스마트폰을 들고 영어 단어를 읽기 바빴다. 그런 모습에 선생님은 소녀가 방황한다는 사실을 금세 알아차릴 수 있었지만, 아무 말도 하지 않았다.

유주는 어느덧 악보보다는 단어집을 더 가까이하며 평범한 학생처럼 지냈다. 아침 연습도 나가지 않은 지 꽤 되었다. 가끔은 그 긴장과 활기가 그리웠지만 유주는 자신이 재능이 없다는 걸, 뛰어난 실력도 없다는 걸 인정해야 한다고 생각했다. 그게 좀더 현실적인 거라고, 자신을 이해시키려 했다. 그렇게 한 학기가 흘러가 버렸다.

"엄마, 나 전학 갈까?"

"전학? 왜 갑자기. 그때 아팠던 것 때문에 그래?"

"여기엔 나보다 잘하는 애들도 너무 많고, 앞으로 뭘 할지 비전이 안 보여서."

"그걸 그렇게 빨리 판단한다고? 나는 우리 딸 편이지만 신중하게 생각해 봐. 네가 정말 좋다고 해서 들어간 거잖아. 엄마는 쉽게 결정하지 않고, 쉽게 포기하지도 않는 스타일이라……. 그래도 네가 힘들면 뭐, 그렇게 해야지. 근데 한 번만 더 생각해 봐."

풀 죽은 표정으로 학교에 가는 둥 마는 둥 하는 딸의 모습에서 불안함을 느끼던 차였다. 하지만 그런 딸이 전학까지 고민하고 있을 줄은 몰랐다. 유주는 결국 한숨을 푹 쉬더니 자기 방으로 들어가 버렸다. 그대로 침대 끝에 걸터앉아 양 무릎 사이에 얼굴을 파묻고 오래도록 고민하고 또 고민했다.

"유주야, 우리 공연 보러 갈 건데 같이 안 갈래?"

여름방학을 집 안에서만 보내고 있는데, 유주에게 메시지 하나가 날아들었다. 같은 반 친구 효정이었다. 뮤지컬 〈위키드〉를 같이 보러 가자는 제안이었다. 거절할까 싶었지만, 〈위키드〉는 유주가 죽기 전 꼭 봐야 할 뮤지컬 버킷 리스트에 올려놓았던 작품이라 고민이 되었다.

"그래, 가자."

'이 정도는 괜찮겠지.'

"왔어?"

효정이가 반가운 듯 민이에게 손을 흔들며 말했다.

"응! 야, 한참 걸리더라."

민이가 약간 불평하듯 답했다.

"이 정도는 감수해야지. 왜 앓는 소리를 해. 대학로 가자고 한 것도 아닌데."

"거기 가면 난 안 가. 경기도민 배려 없는 소리 하고 있네."

"크크크. 그건 그래. 암튼 티켓팅 하고 바로 들어가자. 이제 얼마 안 남았네."

효정이 한발 물러서며 말하다 유주를 바라보며 조심스레 말을 꺼냈다.

"유주도 이거 보고 싶었던 거지? 나 사실 거절당할까 봐 걱정했다."

"무슨 걱정씩이나."

민이가 둘 사이에 끼어들어 핀잔을 주었다.

"아냐, 나도 보고 싶은 거였어."

유주는 개운치 않은 얼굴로 간신히 대답했다.

셋은 오랜만에 얼굴을 봐서 들뜬 마음으로 팔짱까지 끼고 공연장 안으로 들어섰다. VIP석은 아니어도 R석이라 일 층 뒤편에 앉을 수 있었다.

효정이와 민이는 자신이 좋아하는 넘버를 이야기하며 설렌 모습이었고, 유주는 그 모습을 왠지 부러운 마음으로 지켜보았다.

'나도 저럴 때가 있었는데.'

그리고 시작된 공연. 화려한 캐스팅 덕분에 역시나 관객석은 빈틈없이 사람들로 꽉 들어찼고, 배우들 역량이나 연기 또한 흠잡을 데가 없었다. 유주와 친구들은 그야말로 입을 떡하니 벌린 채로 공연에 감탄하고 푹 빠져 어쩔 줄을 몰랐다. 그렇게 일 막이 끝이 났다.

"나갈 거야?"

유주가 물었다.

"아니."

민이와 효정은 거절의 표시를 했다.

"그럼, 나는 물 하나만 사서 올게."

유주는 두 친구를 자리에 두고 혼자 공연장 밖으로 나가려고 자리에서 일어났다. 그런데 한 소녀가 눈에 들어왔다. 샌들을 벗고서는 다리를 주무르고 있었다. 일 층 맨 뒤편 기둥에 기대어 있는 걸 보니 입석인 듯했다. 순간 예전의 자기 모습이 떠올랐다. 부츠 안에서 퉁퉁 부은 종아리를 꾹꾹 지압해 가며 봤던 뮤지컬 공연. 너무나도 뮤지컬을 사랑했던 자신의 열정과 마음. 모든 게 어제 일처럼 되살아났다. 유주는 그 소녀를 한참 바라보다가 공연장을 빠져나갔다.

'하나? 아냐, 둘.'

유주는 자판기에서 생수 두 병을 뽑아 다시 공연장 안으로 들어가 소녀를 찾기 시작했다. 신발을 신은 아이는 다시 똑바로 선 채로 〈위키드〉를 볼 준비를 마친 채였다.

“저기요.”

“네?”

“이거 마셔요. 힘들죠? 저도 입석에서 공연 봤었거든요.”

“아, 그러세요? 감사합니다!”

“뮤지컬 많이 좋아하나 보다.”

“네, 많이 좋아해요! 뮤지컬 배우가 되는 게 꿈이에요.”

“중학생이에요?”

“네, 중 삼이요. 예고 가는 게 목표예요.”

“예고면 혹시……?”

“한서예고요. 거기 뮤지컬학과 들어가고 싶어요.”

그 말에 유주는 절로 웃음이 났다. 소녀는 그 모습을 어리둥절한 표정으로 바라봤다.

“아녜요. 미안해요. 딴생각이 나서요. 응원할게요. 꼭 한서예고 가요! 뮤지컬 배우 꿈 잃지 말고.”

그리고 유주는 자신의 자리로 돌아왔다. 그 순간 불이 꺼지고 막이 다시 올랐다. 유주는 마지막 말을 되뇌었다.

“꿈 잃지 말고.”

그건 자신에게 하는 말이기도 했다. 슬며시 손에 힘이 들어갔다. 주먹을 꽉 쥐며 다시 공연에 몰입했다.

'나도 한서예고 다녀요. 오면 꼭 아는 척해요. 내가 선배니까.'

— 2 —

아이돌이 되긴 싫어

— 조경아 —

유선 이어폰을 귀에 꽂고 플레이리스트를 천천히 훑어봤다. 아무리 봐도 마음에 드는 곡이 없었다. 그러다 선호와 자주 들었던 노래를 발견하고 플레이 버튼을 바로 눌렀다. 이어폰에서 음악이 흘러나오면 눈앞의 세상은 사라지고, 어느새 나는 완전히 다른 공간으로 이동해 버린다. 중요한 건 이때 꼭 유선 이어폰을 껴야 한다는 것이다. 그렇게 다른 공간으로 이동하고 나면, 음악이 모든 것을 리드한다. 음악의 템포에 따라 흘러가는 세상의 속도가 달라지고, 음악의 분위기에 따라 평범한 일상이 누아르 영화나 멜로 영화로 바뀔 수도 있다. 어쩌면 나는 그래서 음악을 좋아하는지도 모르겠다. 하지만 좋아하는 일을 평생 할 수 있는 사람은 그리 많지 않다. 꼰대 같은 아버지가 입버릇처럼 말하곤 했다. 세상에는 절대 공짜가 없다고. 무언가를 얻기 위해서는 반드시 그 대가를 치러야 한다고.

"뭐 하냐? 저기서부터 미친놈처럼 손 흔들었는데."

"못 봤는데?"

"넌 꼭 그러더라. 이어폰 꼈다고 앞이 안 보여?"

"응, 안 보여."

진우가 장난스럽게 내 어깨를 한 번 툭 치더니 갑자기 부담스럽게 어깨동무했다. 아마도 진우가 내게 바라는 것이 있는 모양이다. 오디션. 아마 진우는 이번에도 함께 오디션을 보자고 말을 꺼낼지 모르겠다.

"한서야! 이 형이 소원 하나가 있다."

"별로 알고 싶지 않은데?"

"나 이 주 뒤에 생일인데 그것도 하나 못 들어주냐?"

"생일 선물은 사줄게."

"아니, 그런 거 필요 없고. 나랑 오디션이나 보자."

"싫어."

"아니, 왜?"

"그냥, 싫어."

"그래도 이유가 있을 것 아니야?"

"난 아이돌 되고 싶지 않다니까."

"야! 누가 당장 아이돌 하라 그러냐? 그냥 재미 삼아 오디션이나 보자는 건데, 그게 싫어?"

"그러다 너 떨어지고 내가 붙으면 어쩌려고?"

"하하, 이 근거 없는 자신감은 또 뭐지?"

"네가 더 잘 알 거 아니야."

"그래? 난 잘 모르겠는데?"

"그러다 너, 상처받는다니까."

"오냐 오냐 했더니, 이 자식이 사람을 뭘로 보고!"

"근데 나도 궁금하다. 넌 왜 자꾸 하기 싫다는 사람한테 오디션을 보자는 건데?"

"그냥. 너랑 함께하면 뭐든 할 수 있을 거 같아서."

예전엔 나도 그랬다. 진우에겐 조금 미안한 일이지만, 선호와 하루 종일 춤추고 노래하던 그 시절에는 나도 친구와 함께라면 세상 무서울 게 없었다. 하지만 지금의 나는 더 이상 그럴 자신이 없다.

"어, 뭐지?"

교문 쪽에서 여학생들의 이상한 비명이 들렸다. 뒤돌아보니 여학생들은 누군가를 둘러싸고 있었고, 남학생 몇 명이 보디

가드처럼 그 누군가를 보호하고 있었다.

"뭐야, 저 자식. 오늘도 학교 나왔네?"

"누구?"

"전재희!"

"그게 누군데?"

"MNG의 제이!"

"아, 그 아이돌 한다던?"

"저 옆에 붙어 다니는 애들 좀 봐. 난 또 무슨 보디가드라도 되는 줄."

"근데 재는 춤추는 걸로 아이돌 됐으면 실용무용과 전공해야 하는 거 아닌가? 왜 보컬로 실용음악과에 들어왔대?"

"뭐 폼 잡고 싶은 거겠지. 아니면 정말로 뮤지션이 되고 싶을 수도 있고."

"춤추던 애가 뭘 할 수 있다고."

"야, 너도 춤추던 애가 여기 들어와 있는 거잖아."

"무슨 소리야? 나는 피아노 전공으로 당당하게 들어왔는데."

"근데 넌 가만 보면 은근히 아이돌 우습게 보더라?"

"내가 언제?"

"너 말투랑 표정에서 다 티가 나거든? 아이돌은 그저 예쁘장한 꼭두각시 인형 그 이상도 이하도 아니라고 생각하잖아."

"그런 적 없어."

"그러면 너는 왜 그렇게 아이돌 기획사 오디션 보는 걸 싫어하는데?"

진우의 말은 반은 맞고, 반은 틀렸다. 기획사에 의해 기획된 아이돌에 대해 반감이 있지만, 아이돌을 우습게 보지는 않는다. 사실 나는 아이돌이 되어 멋진 무대에 서기를 바란 적도 있다. 하지만 지금은 그 과정에서 일어난 돌이킬 수 없는 일들이 말할 수 없는 상처로 남았을 뿐.

"혹시 선호 때문이야?"

한선호. 너무도 그립지만 아픈 이름이 또 가슴에 와 박혔다. 숨이 멎을 듯이 가슴이 아팠다. 하지만 걱정스러운 표정을 짓고 있는 진우를 탓할 수는 없었다. 선호는 진우한테도 역시나 그리운 이름일 것이다. 결국 나는 진우의 질문에 대답하지 못했다.

선호는 초등학교 때부터 친한 동네 친구였다. 우리는 음악을 좋아했고, 그 음악에 맞춰 춤추고 노래하는 것을 좋아했다. 덕분에 어린 시절은 온통 선호와 함께 춤을 췄던 기억밖에 없다. 중학교까지 선호와 같은 학교였고, 우리는 형제처럼 붙어 다니며 온갖 댄스 경연대회에 참가해 각종 상을 휩쓸기도 했다.

그러던 어느 날, 선호는 한 소속사 실장의 명함을 받게 되었다. 나도 명함을 받았지만, 그냥 형식적인 일일 뿐이었다. 실장은 선호를 포섭하기 위해 선호의 친구를 배려하는 차원에서 내게도 명함을 건넨 것 같았다. 선호는 기쁜 마음으로 오디션을 보았고, 어렵지 않게 기획사 연습생이 되었다. 나는 선호만큼 기쁘고 설렜다. 하지만 이제 더 이상 선호와 붙어 다닐 수 없다는 사실이 내심 서운했다. 더구나 선호가 연습생이 된 뒤 얼마간은 휴대폰을 마음대로 사용할 수 없어서 연락도 자주 못했다. 선호가 잘 지내고 있는지 궁금하고 보고 싶었지만, 나는 먼저 연락할 수 없었다. 그때는 그게 선호를 위한 길이라고 생각했다. 그렇게 일 년이 지났고, 음악을 계속하고 싶은 마음에 예고 입시를 준비하던 어느 날, 선호가 죽었다는 소식이 들려왔다.

믿을 수가 없었다. 누구보다 긍정적이고 자존감이 높은 선호였다. 어찌 된 일인지 알고 싶었지만, 선호가 스스로 목숨을 끊은 이유를 그 누구도 내게 알려주지 않았다. 선호의 장례식이 끝나고 나서야, 선호 부모님으로부터 선호가 내게 남긴 몇 통의 편지를 전해 받았다. 연습생으로 들어가면서 휴대폰을 압수당하자, 선호는 힘들 때마다 내게 편지를 썼던 모양이었다.

편지에는 나와 함께 춤을 추며 다녔던 시절에 대한 그리움과 현재 소속사의 부당한 대우, 연습생 생활에 대한 고충이 생생하게 적혀 있었다. 선호의 편지를 읽고 가만히 있을 수 없었던 나는 편지 내용을 선호 부모님에게 알렸다. 부모님은 격분해서 이 모든 사실을 기자에게 알려 공론화했다. 결국 선호의 부모님과 소속사는 법정에서 만나 선호의 죽음에 대한 시시비비를 가리게 되었다. 하지만 법은 안타깝게도 선호의 편지만으로는 소속사의 잘못을 입증할 수 없다고 판단했다. 결국 소속사의 편을 들어준 것이다. 소속사는 승소했지만, 재판 과정에서 회사 임원이 공금을 횡령한 사실이 드러나 회사 자체가 공중분해가 되었다. 결국 선호의 죽음에 대한 책임은 누구에게도 물을 수 없게 되었다.

선호와 관련된 일련의 사건을 경험하면서 나는 어쩔 수 없이 아이돌이 되는 일에 대해 회의감을 가질 수밖에 없었다. 그런데도 음악에 대한 열정을 포기할 수는 없어, 나는 아이돌이 아닌 뮤지션이 되기 위해 예고 실용음악과에 들어왔다. 누군가의 계획대로 움직이는 사람이 아니라 내 의지와 노력으로 음악을 만들어내는 사람이 되고 싶었다. 선호 역시 내가 그런 사람이 되기를 바라고 있을 거라 믿었다.

"쟤 뭐냐? 학교에 오는데 메이크업하고 왔나 봐."

"화장발 없으면 안 되는 아이돌이잖아. 민낯으로 사진 찍혔다가 개망신당하는 경우도 종종 있고."

"꼴에 연예인병 걸렸나 보네."

"그래도 나는 부럽다. 쟤는 이미 진로가 결정된 거잖아."

"진로가 아니라 선망의 대상이 돼서 부러운 건 아니고?"

"물론 그것도 그렇지. 그래서 난 결심했어. 쟤랑 친하게 지내보기로. 혹시 아냐? 나도 연습생이라도 하게 될지?"

"넌 드럼 전공인데 어떻게 연습생이 될 건데?"

"지금이라도 춤을 좀 춰볼까?"

"이미 늦었다. 쟤 옆에 너 같은 애들 엄청나게 붙어 있는 거

안 보이냐?”

“그러게. 파리들 엄청나게 꼬였네.”

“근데 재 성격은 좋은가 보다. 애들 저러는 거 다 받아주고 앉아 있잖아.”

“내 보기엔 약간 즐기는 것도 같은데? 피식피식 웃으면서.”

뒤에 앉아서 제이에 대해 한참 품평하던 친구들 말에 나도 제이를 흘깃 쳐다보게 되었다. 제이를 가운데 두고 친구들은 몇 겹으로 둘러앉아 이런저런 질문 세례를 퍼붓고 있었다. 제이는 귀찮은 내색도 하나 없이 환하게 웃으며 대답해 주고 있었다. 그들 중에는 여학생이 압도적으로 많았는데, 진심으로 제이의 말을 경청하고 있었다. 아이들 머리 사이로 힐끗힐끗 보이는 제이의 얼굴은 이상할 만큼 평온해 보였다. 철저히 아이돌로 키워져 완벽한 가면을 쓰고 있는 것인지, 천성이 사람들을 좋아하는 성향인지 헷갈리기도 했다. 어쩌면 아이돌에 대한 나의 편견 때문일까? 곤란한 상황을 유연하게 잘 이겨내고 있는 제이가 왠지 모르게 낯설었다. 그렇게 제이를 멍하니 쳐다보다가 제이와 눈이 마주쳤다. 제이는 나를 보더니 눈을 커다랗게 떴다. 마치 나를 알아본 것처럼. 다른 친구들에게 금세 가려져 제이를 더는 볼 수 없었지만, 이상한 기분이 들었다.

"한서야! 우리 드디어 오디션 날짜 잡혔다!"

"무슨 소리야?"

"너랑 나, 에이웨이브 오디션 보기로 했잖아!"

"나는 지원한 적 없는데?"

"내가 했지!"

"야! 내가 분명 안 한다고 했잖아!"

"네가 붙고 내가 떨어지면 어쩔 거냐고 해서 나는 관심 있는 줄 알았지!"

"난 아이돌 같은 거 하기 싫다니까!"

순간 교실 안 분위기가 급속하게 얼어붙었다. 제이 주변에 몰려 있던 아이들이 일제히 나를 노려보고 있었기 때문이다. 그저 시선일 뿐이지만, 어딘가 엄청 따갑게 느껴졌다. 아주 날카로운 송곳에 찔린 것처럼. 아무도 내게 뭐라 하지는 않았지만, 나는 아이들의 따가운 목소리가 들리는 것 같았다.

'너 뭐 돼?'

아이들의 눈빛에는 경멸과 조롱이 잔뜩 묻어 있었다. 나는 어떤 변명도 하지 못하고 쭈그러들었다. 예고 아이들은 일반고 아이들보다 조금 빨리 자신의 진로를 결정한 아이들이었다. 그 이유로 이들을 부러워하는 사람들도 있겠지만, 예고 아이 중에는 그만큼 더 조바심 내는 경우도 많았다. 자신의 진로에 대한 확신이 있어 선택했더라도 막상 들어와 보면 자신보다 더 재능이 많은 아이들 여럿이 모여 있기 때문이다. 더구나 진로가 정해져 있다는 생각 때문에 무조건 자신의 전공을 살려야 한다는 압박감도 컸다. 실용무용과와 실용음악과에서는 학기 중에 아이돌로 데뷔하거나 소속사에 들어가는 아이도 종종 있었다. 그러니 데뷔하지 못하고 대학에 진학하는 아이들은 오히려 이상한 패배감을 느끼기도 했다. 특히 제이처럼 아이돌로 데뷔하고 성공까지 한 아이들은 다른 학생들에게 맹목적인 동경의 대상이 되거나, 질투의 대상이 되기 쉬웠다. 그런데 이런 상황에서 아무것도 아닌 것처럼 보이는 내가 아이돌 따위는 관심 없다고 소리치고 있으니 너무도 같잖아 보였을 것이다.

“싫으면 싫은 거지, 뭘 그렇게 화를 내?”

진우도 아이들 반응에 깜짝 놀랐는지 목소리가 좀 떨렸다. 여기저기서 웅성거리는 소리가 흘러나오더니 급기야 재수 없다는 말까지 들려왔고, 상황은 급속도로 냉각되었다. 그때 제이가 자리에서 벌떡 일어났다.

"아이돌 같은 거 하는 사람 민망해서 못 앉아 있겠네. 혹시 배고픈 사람 있냐? 민망한 김에 내가 오늘 한턱 쏜다."

그제야 아이들은 웃음을 터뜨렸다. 제이는 마치 피리 부는 사나이처럼 아이들을 데리고 썰물같이 교실을 빠져나갔다. 그제야 나는 큰숨을 내쉴 수 있었다. 얼핏 보기엔 제이가 나를 살린 것처럼 보였지만, 나는 제이가 웃으며 내게 침을 뱉은 것 같은 기분이 들었다. 뭐, 진짜 그렇대도 별수 없는 일이었다. 어차피 제이와 나는 다른 세상에 살고 있는 사람이니까.

"넌 지금도 나랑 전공 심화 수업에서 오디션 대비반 수업받고 있잖아. 전공 실기도 하기 힘든데, 아이돌 할 마음 전혀 없다면서 그런 수업은 왜 찾아 듣는 건데?"

"그거야 춤추는 음악을 잘 만들려면 춤을 제대로 출 줄 알아야 하니까."

"모든 게 다 음악을 위해서다? 그걸 나보고 믿으라고?"

"안 믿어도 상관없어. 난 음악을 만들고 프로듀서가 되는 데

도움이 되는 일이라면 뭐든 할 수 있으니까."

"그래, 너 말 잘했다. 내 말이 바로 그 말이야. 네가 아이돌이 돼서 유명해지면 훨씬 더 쉽게 프로듀서가 될 수 있다니까?"

"도움은 되겠지. 근데 괜히 얼굴만 팔리고 이리저리 꼭두각시처럼 끌려다니다가 성공하지 못하고 망하면?"

"그래 최악의 상황까지 생각하면 데뷔는 하지도 못하고 연습생에서 끝날 수도 있겠지."

"근데 뭐가 도움이 된다는 거야?"

"어쨌든 망해도 너한테 남는 건 있어."

"그게 뭔데?"

"인맥."

"인맥?"

"얘가 진짜 아무것도 모르네. 네가 아무리 작곡하고 프로듀서가 되고 싶다고 해도, 그쪽 바닥 사람들이 널 알아봐 주지 않으면 아무런 소용이 없다는 얘기야!"

"내가 좋은 음악을 만들어내면 언젠간 알아봐 주겠지."

"예고 예술제에서 백날 공연해 보라고. 누가 네 키보드 실력 알겠냐? 사운드클라우드(*음악 스트리밍 공유 사이트)에 수백 곡

올려놓으면 뭐 하냐고. 아무도 모르는데."

"너 말이 점점 심해진다?"

"너도 알잖아. 일단 어떻게든 유명해지면 네가 무슨 일을 하든, 그 일이 백배는 쉬워져. 아무도 알아주지 않아도 괜찮다고? 웃기지 마. 우리가 하고자 하는 일은 아무도 몰라주면 할 수가 없는 일이라고!"

"그렇게 좋으면 너나 하라고! 난 내 식대로 할 테니까."

"왜 해보지도 않고 미리 걱정하고 움츠러드는 건데? 너 아이돌 되기 싫은 게 아니라 두려운 거 아냐?"

"그만하자. 나 연습실 가야 해."

"미친 새끼. 연습은 해서 뭐 하려고?"

진우는 내게 정말로 화가 났는지 바로 교실을 나가버렸다. 그저 말다툼일 뿐인데, 이상하게 나는 여기저기 얻어맞은 듯한 기분이 들었다. 사실 진우의 말이 모두 옳았다. 나는 아이돌이 되는 일을 무시하는 게 아니라 두려워하는 것이다. 세상엔 공짜가 없다지만, 아이돌이 되기 위해 감내하고 견뎌내야 할 마음의 짐은 상상할 수 없을 정도로 무거웠다.

말다툼하고 난 뒤, 진우와 나는 조금 어색한 사이가 되어버렸다. 서로를 위하는 마음이 갈린 의견의 차이였지만, 그 차이를 이해하기에는 서로 많이 부족했다. 덕분에 나는 아주 자연스럽게 진짜 외톨이가 되었다. 진우는 워낙에 성격이 좋아서 나 말고도 함께할 친구들이 많지만, 나는 그렇지 못했다. 오디션을 앞두고 진우는 틈틈이 실용무용과 친구들과 함께 오디션 대비반 수업을 받고 있었다. 나는 그런 진우를 멀찌감치 떨어져서 지켜볼 뿐이었다. 진우가 오디션에 붙기를 진심으로 바랐다. 하지만 만약 진우가 진짜로 오디션에 붙는다면 어떨까? 나는 축하해 줄 수 있을까? 나는 진우의 바람대로 오디션을 함께 볼 마음도 있었다. 오디션을 본다고 해서 당장 기획사에 들어가 아이돌이 되는 것도 아니니까. 다만 오디션을 보면서 진우와 내가 겪어야 하는 미묘하고 버거운 감정에 휘말리고 싶지 않았다. 아니 어쩌면 나는 진우라는 친구를 잃어버리고 싶지 않았는지도 모르겠다. 결과적으로 지금은 하나밖에 없는 친구를 잃어버린 것 같지만.

복잡한 상념에 잠겨 벌써 두 시간째 키보드를 두드리고 있다. 다음 주에 있을 피아노 실기시험을 준비하러 연습실에 들어왔지만, 지금은 전혀 다른 곡을 연주하고 있었다. 비트를 깔고 기분에 어울리는 소리를 찾아 리듬에 태우면 마치 그림을 그리듯 신비하게도 소리가 멜로디로 바뀐다. 오늘은 침울한 기분 때문인지 침잠하듯 깊고 둔탁한 소리가 무거운 비트를 타고 있었다. 그때 어디선가 이상한 소리가 헤드폰 사이로 끼어들었다. 분명 내가 찍어낸 소리가 아니었다. 섬뜩한 기분이 들어 볼륨을 줄였다. 아무 소리도 들리지 않는데, 누군가가 나를 지켜보고 있는 듯한 기분이 들었다. 예전에 가끔 진우가 나를 놀라게 하려고 연습실에 몰래 들어와 숨었던 적은 있지만, 지금은 그럴 리가 없다. 잔뜩 긴장하고 조심스럽게 헤드폰을 빼려는데 누군가 내 어깨를 덥석 잡았다.

"다 끝났냐?"

"깜짝이야!"

"뭘 그렇게 놀라?"

"넌 이 시간에 왜 여기 있어?"

"왜? 난 여기 있으면 안 되냐?"

"안 되는 건 아니지만 있을 이유도 없잖아."

"실은 오늘 처음 여기 들어와 본 건데, 그만 잠이 들어버렸지, 뭐야."

"언제 들어왔는데?"

"너 여기 들어오고 얼마 되지 않아서?"

"내가 있는데 여기서 왜 잠을 자?"

"너 모르는구나? 헤드폰에서 새어 나오는 음악 듣고 있으면 잠 잘 오는 거."

"뭐래. 너 때문에 진짜 놀랐잖아."

"놀랐다면 미안. 근데 진짜 끝난 거야?"

"왜? 여기서 뭐 하게?"

"아니, 나는 너한테 이 키보드 연주랑 작곡 프로그램 사용법 배우고 싶어서."

"너 보컬 전공이잖아."

"그렇긴 하지. 근데 나는 실기수업에서 보컬만 들을 수 있는 건가?"

"설마 실기수업을 한 번도 안 받아본 거야?"

"그게 진짜 웃긴 게 첫 수업은 꼭 일반과목 수업이더라고. 그래서 처음엔 내가 예고가 아니라 일반고에 잘못 들어온 줄 알았다니까?"

"오전 오후 첫 수업은 대부분 일반과목이고, 그다음 수업부터 전공 실기수업이야. 그리고 보컬 전공이라도 방과 후 전공 심화 수업 신청하면 다른 전공 수업도 들을 수 있어."

"전공 심화 수업이 따로 있었구나!"

"그럼. 저번 예술제 공연도 참석해 보지 그랬어? 공연을 하면 타 전공 애들이랑 어울리면서 자연스럽게 배울 수도 있으니까."

"나도 하고 싶었지. 근데 괜히 한다고 했다가 연습도 못 나오면 완전 민폐잖아."

"그러게, 왜 실용음악과로 들어왔냐? 그냥 실용무용과 들어가지."

"왜? 또 아이돌은 이런 거 배우면 안 된다는 거냐?"

잠시 말문이 막혔다. 제이의 말이 비아냥거리는 말이 아니라 사뭇 진지해 보였기 때문이다. 내가 너무했나 싶은 마음도 들었다.

"그게 아니라, 너는 이미 프로 아이돌로 데뷔도 했으니까. 우리가 하는 이런 과정 다 건너뛰어도 되는데, 왜 굳이 할 필요도 없는 걸 하냐고."

"아이돌 됐다고 다 끝난 거 아니다. 그 안에서도 경쟁이 치열

하니까 뭐라도 배워야지."

"근데 그걸 왜 나한테 부탁하는 건데?"

"니 말대로 난 이미 프로인데 누구한테 가르쳐 달라고 하면 쪽팔리잖아."

"나한텐 안 쪽팔려?"

"그러게. 이상하게 넌 편한 거 같아."

"너 지금 그때 내가 아이돌 무시했다고 이러는 거지?"

"물론 그때 그 일 때문에 너한테 관심을 가지긴 했지."

"관심?"

"너 보니까 춤도 꽤 추고, 노래도 좀 하는 거 같더라. 근데 왜 그렇게 아이돌을 경멸하는 거야?"

"경멸까지는 아니야. 너 근데 내가 춤추고 노래하는 걸 언제 봤어?"

"지난번 축제 때 보니까 밴드도 하고 춤도 추고 다 하던데?"

"넌 축제 때 오지도 않았잖아?"

"학교 유튜브에 축제 공연 영상 다 올라와 있더라. 아 맞다. 그리고 네가 사운드클라우드에 올린 노래도 들어봤어."

"왜 그런 걸 찾아봐?"

"찾아서 들으라고 올린 거 아니야? 근데 넌 왜 그렇게 아이돌이 싫어?"

"제발, 나한테 신경 좀 꺼줘."

"혹시 너, 선호 때문이야?"

"네가 선호를 어떻게 알아?"

다급한 마음에 제이의 팔을 잡는 순간, 연습실 문이 벌컥 열렸다. 얼굴을 찌푸린 교감 선생님이 나와 제이를 보더니 혀를 끌끌 차며 말했다.

"니들 여기서 뭐 해? 설마 싸우는 거냐?"

제이가 나서서 대답했다.

"아, 아닙니다. 그냥 이번 실기수업 과제에 대해서 의견을 교환하고 있었습니다."

"무슨 과제?"

"합동 연주 과제요. 저는 보컬, 얘는 피아노거든요!"

"근데 피아노 애는 왜 이렇게 얼굴이 벌게져 있어?"

"키보드를 너무 열정적으로 치는 바람에 그런 것 같습니다."

"신성한 연습실이다. 행여 기물파손이라도 하면 니들이 다 책임져야 해. 알아들어?"

"넵."

"피아노! 너는 왜 대답이 없어?"

교감 선생님이 막대기로 나를 가리켰다. 나도 모르게 초점이 막대기 끝으로 갔다. 뾰족한 막대기가 방향을 잃은 듯 이리저리 흔들렸다. 막대기가 왔다 갔다 하는 걸 보니 갑자기 교감 선생님의 별명이 생각났다. 교감 선생님 별명은 메트로놈이었다. 하루 종일 규칙적으로 복도 끝에서 끝까지 왔다 갔다 돌아다닌다고, 실용음악과 아이들이 붙여준 별명이었다. 하루 종일 학교 여기저기를 오가며 학생들을 감시하고 참견하는 게 교감 선생님의 주된 일이기도 했다. 나는 이러다 웃음이 나올 것 같아 정신을 차리고 교감 선생님의 얼굴을 쳐다봤다. 대답할 때까지 그 자리에 그대로 서 있겠다는 교감 선생님의 의지가 보인다 싶었는데, 교감 선생님의 코에서 갑자기 검붉은 무언가가 흘러내렸다.

"선생님, 코피 나요!"

교감 선생님은 내 말을 믿지 못하겠는지 대수롭지 않게 손으로 인중을 훔쳤다. 손에 코피가 묻어났지만, 여전히 믿지 못하겠다는 얼굴로 자기 손과 내 표정을 번갈아 보더니 바로 고개를 돌렸다. 나는 가방에서 휴지를 꺼내 교감 선생님에게 드렸다. 교감 선생님은 민망했는지 휴지를 받으면서도 연신 헛기침했다. 그러고는 휴지로 코를 틀어막으며 늦었으니 얼른 집으로 돌아가라는 말을 남기고 총총히 교실 밖으로 나가셨다.

"괜찮으시겠지?"

제이가 물었다.

"그러게 그만 좀 돌아다니시지."

나는 무심히 대꾸했다.

"근데 넌 생각보다 섬세하다? 사내새끼가 휴지도 가지고 다니고."

"넌 보기보다 성격이 좋아 보이더라?"

"그렇지? 생긴 거에 비해서 내가 좀 소탈한 편이지."

"됐고. 아까 했던 말 계속해 봐. 네가 선호를 어떻게 알아?"

"나도 그 소속사 연습생이었어."

"그럼, 선호랑 친했어?"

"매일 먹고 자고 연습만 했으니까. 그랬겠지? 근데 나는 몇 개월 하다가 너무 힘들어서 못 버티고 나왔어."

"선호는? 선호는 왜 못 나온 거야?"

"선호 걔가 좀 바보스러울 정도로 인내심이 많은 편이잖아. 소속사가 아무래도 이상하다고 나가자고 했는데, 자기는 끝까지 버텨보겠다고 했었어."

"계약으로 묶여 있었을 텐데, 넌 어떻게 데뷔까지 한 거야?"

"야, 무섭다. 무슨 취조를 하는 것 같잖아?"

"그러니까 대답을 빨리 해보라고!"

"나는 운 좋게 지금의 소속사를 만났고, 소속사끼리 합의가 됐어."

"바보 같은 자식!"

선호는 왜 혼자 빠져나오지 못하고 극단적인 선택을 했던 걸까? 이렇게 멀쩡하게 빠져나와 데뷔할 수도 있었을 텐데. 열여섯밖에 안 된 아이에게 세상은 왜 그렇게 모질었을까? 나라도 선호 곁에 있었다면 선호는 지금 살아있을까? 나 때문에 선호가 죽었다는 생각이 다시 고개를 들기 시작했다. 선호는 그렇게 절벽 끝에 서 있었는데 나는 혼자 음악을 해보겠다고 예고 준비나 하고 있었다는 게 무엇보다 견딜 수 없었다.

"근데 너도 좀 바보 같아 보이는 건 아냐?"

"뭐라고?"

"너 지금 선호가 너 때문에 죽었다고 생각하고 있잖아."

"그래서 넌 그렇게 미꾸라지처럼 혼자 빠져나가서 좋았냐?"

"그래, 미꾸라지처럼 혼자 살려고 빠져나온 새끼는 지금 이렇게 잘 먹고, 잘살고 있다. 그러는 너는 지금 뭐 하고 있는 건데?"

좀처럼 흥분하는 일이 없던 제이가 처음으로 내게 원망의 눈빛으로 쏘아붙이고 있었다. 선호의 죽음은 모두에게 상처였다. 더 이상 대꾸할 기운이 없어서 나는 연습실을 조용히 빠져나왔다. 하지만 제이는 아무도 없는 연습실에 혼자 남아 있었다.

모든 게 엉망진창이었다. 아무래도 나라는 인간은 이리저리 부딪치며 갈등만 일으키는 존재인가 보다. 나는 선천적으로 소심하고 내성적인 성격이라 친구를 사귀는 일에 거의 소질이 없었다. 학교에서 그나마 내 곁을 지켜주던 진우와도 멀어지고, 아이들의 우상인 제이와도 부딪치고 나니 오늘은 정말 학교에 갈 자신이 없었다. 하지만 소심한 외톨이는 학교에 빠지는 일탈조차 마음대로 하지 못했다. 먼 길을 돌아서 겨우 등교했다. 다행히 오늘은 제이가 학교에 안 나오는 날이었다. 진우와 눈이 마주쳤지만, 진우 역시 생각 많은 얼굴로 내 시선을 피했다. 자리에 앉자마자 이어폰을 끼고 책상에 엎드렸다. 그래야 잠시나마 현실도피를 할 수 있었다. 그때 노래가 흘러나오던 휴대폰에 짧은 진동이 왔다. 문자였다. 겨우 고개를 들어 문자를 확인했다.

이한서 학생! 댄스 특강 자리가 났어요. 내일 저녁 여덟 시인데, 괜찮나요?

실용무용과 심화반 수업 때 특강을 해주셨던 댄스 선생님의 문자였다. 현재 유명 소속사 안무팀장을 맡고 있어서 한 번이라도 레슨을 받으려면 몇 개월이나 기다려야 하는 선생님이었다. 더구나 나는 실용무용과도 아니기 때문에 특강 신청은 했지만, 진짜로 수업을 받을 수 있을 거라는 기대는 하지 않았다. 정말 아무것도 하고 싶지 않았는데, 문자를 보니 갑자기 의욕이 생겼다. 이럴 때는 가만있는 것보다 몸을 움직이는 편이 좋다는 것을 누구보다 잘 알고 있었다. 혹시나 놓칠까 봐 바로 답장을 보냈다. 지금 기분과는 상관없이 경쾌하고 명료하게. 그 덕분인지 기분도 좋아졌다. 하지만 일 교시 수업은 수학이었다. 칠판에 적힌 알 수 없는 기호들이 꿈틀거리는 벌레처럼 보였다. 징그러운 벌레들을 피해 창문 쪽으로 고개를 돌리다가 나도 모르게 제이의 빈자리에 시선을 두었다. 마음이 다시 불편해져서 한숨을 짧게 쉬다가 수학 선생님의 지적을 받았다. 아이들의 관심이 나에게 잠시 쏟아졌는데 그 속에는 진우의 시선도 있었다. 아이들의 희미한 웃음이 잠시 새어 나왔지만, 그 웃음 속에 진우의 웃음은 없었다.

"어디 가냐?"

"어?"

"어디 가냐고?"

"댄스 특강 받으러."

"댄스 특강? 설마 피피 선생님?"

"응. 근데, 화 다 풀렸냐?"

"우리가 뭐, 싸우기라도 했냐?"

"하긴. 그래도 고맙다. 먼저 말 걸어줘서."

"니가 먼저 말 걸 때까지 버텨 보자 했는데, 너 하는 꼴 보니까 안 되겠더라. 루저처럼 맨날 혼자 엎드려 있고. 누가 보면 내가 너 왕따시키는 거 같잖아."

"뭐, 왕따인 건 맞지."

"솔직히 말하면 너는 일부러 왕따를 자처하는 사람이잖아. 안 그래?"

"그런가?"

"어쨌든. 내 맘대로 오디션 신청한 건 미안해."

"근데 진짜 왜 그렇게 나랑 같이 오디션을 보고 싶은 거야?"

"여러 가지 이유가 있지만, 사실 제일 큰 이유는 네가 만든 음악 때문이야."

"내 음악?"

"지난번 예술제 기간에 들려줬던 곡 기억 안 나?"

"아, 그 노래? 네가 랩 파트랑 안무 동작까지 짰던 거?"

"그래, 그 노래. 예술제에 올리지 못해서 아쉬웠던 그 노래."

"그건 왜 갑자기?"

"이번 오디션에서 그 곡을 제대로 해보면 어떨까 해서."

"야, 창피하게 그런 곡을 오디션에서 한다고?"

"아냐. 내가 듣기에는 아마추어 같지 않고 좋았어. 우리 안무도 괜찮았고."

"그랬냐?"

"이번에 오디션 하는 소속사는 기획하는 그룹마다 꼭 한 명씩 노래 만드는 애를 뽑잖아. 너랑 그 곡 들고 가서 같이 오디션 보면 분명 눈에 띌 거야."

"역시, 이유가 있었군."

"왜 실망했냐? 네 덕 좀 보려고 해서?"

"아냐. 오히려 이유가 분명해서 좋아."

"서로 좋은 일이잖아. 어쨌든 너는 네 곡을 소개할 수 있고, 덕분에 나도 좀 어필할 수 있고."

"그래, 그럼 처음부터 그렇게 말했으면 좋잖아."

"처음부터 말했으면 군말 없이 오디션 봤을 거란 얘기야?"

진우는 기대가 가득한 얼굴로 나를 바라봤지만, 나는 대답을 바로할 수가 없었다. 어쨌든 나는 거절했을 것이다. 진우에게 고맙고 미안한 마음이지만, 그렇다고 이제 와 오디션을 보겠다고 바로 말할 수는 없었다.

"좀더 생각해 보면 안 될까?"

"그래, 생각해 봐. 아직 시간은 있으니까. 그리고 진짜 미안했다."

"뭐가 미안해? 오히려 솔직히 말해줘서 고맙다니까."

"그렇게 이해해 주니 나도 고맙다. 네가 싫다고 해도 나름대로 나도 준비는 하고 있으니까 너무 부담 갖지는 말고. 오늘 댄스 특강 잘 받고, 좋은 거 배우면 나도 좀 가르쳐 주고. 무슨 말인지 알지?"

"그래, 그럴게."

진우는 다시 사람 좋은 얼굴로 내게 인사하고 돌아섰다. 그런데 진우와 대화를 나눈 뒤에도 이상하게 마음이 더 복잡해졌다. 자신의 마음을 솔직하게 말할 수 있는 건강한 진우에 비해 나는 너무도 비비 꼬인 사람 같았다. 그러다 문득 이런 생각도 들었다. 내가 이렇게 선택의 기로에서 갈팡질팡하는게 정말 선호 때문일까? 아니면 미래에 대한 막연한 두려움에 비겁한 변명을 늘어놓고 싶은 걸까?

"수고하셨습니다!"

댄스 특강이 끝나고 짐을 챙겨 연습실에서 나가려는데 피피 선생님이 물을 마시고 계셨다. 아이들이 연습실을 모두 나가고 난 뒤, 나는 한쪽 구석에서 선생님에게 말을 건넬 타이밍을 보고 있었다.

"누구더라?"

"오늘 처음 수업받은 이한서입니다. 드릴 말씀이 있어서요."

"아, 그래."

"오늘 와서 보니 티오가 난 것 같지 않은데 어떻게 저를 불러 주신 건가요?"

선생님은 의외라는 듯이 나를 빤히 쳐다보더니 마저 물을 마셨다. 내가 모르는 어떤 이유가 있는 것이 분명했다. 입가에 묻은 물기를 닦으며 선생님은 대답이 아닌 질문을 했다.

"너 제이 친구라며?"

"제이요?"

"내가 제이 소속사 안무 담당이잖아. 그래서 잘 알지."

"그럼, 제이가 저를 추천한 건가요?"

"응. 정원이 꽉 차서 안 된다고 했는데 자기랑 제일 친한 친구라고 어찌나 부탁하던지."

"아, 네."

"진짜 좋은 친구인가 보네. 너도 모르게 부탁한 걸 보면."

무어라 대답할 말이 생각나지 않아 나는 그저 머리를 긁적거렸다. 그날 연습실에서 다툼 아닌 다툼을 한 뒤, 제이를 한 번도 만나지 못했다. 그런데 왜 제이는 이런 부탁을 했던 걸까? 무슨 의도가 있는 건지 몰라 더 답답하고 불안했다. 당장 그 이유를 물어보고 싶었지만, 제이의 휴대폰 번호도 몰랐다.

정확히 언제인지 기억도 나지 않는 어린 시절부터 음악을 좋아했다. 음악을 통해 삶의 많은 부분이 달라졌다. 그래서 내가 음악을 통해 받았던 행복을 다시 누군가에게 전달해 주는 사람이 되고 싶었다. 그러다 선호를 만났고, 선호와 함께 음악을 들으며 춤을 추기 시작했다. 춤은 음악을 생동감 있게 표현하기에 아주 적절한 수단이었다. 그 시절 선호와 함께 춤을 추며 음악을 온몸으로 표현하던 시간이 내게는 지금껏 가장 행복한 순간이었다.

선호가 기획사 명함을 받고 오디션을 보았을 때, 나는 크게 서운하지 않았다. 하지만 선호는 자기만 오디션을 보고 합격했다는 사실에 나보다 더 안타까워했다. 결국 선호는 혼자 연습생으로 들어가게 되었고, 소속사의 감시를 피해 아주 가끔 문자를 주고받았다. 그때 선호는 기회가 되면 나를 연습생으로 추천하겠다고 말하곤 했다. 어쩌면 그래서 제이의 말을 듣고 더 화가 났는지도 모르겠다. 선호가 이상한 소속사에서 빠져나오지 못한 이유가 나 때문인 것만 같았기 때문이다. 선호가 보낸 마지막 문자에서도 선호는 소속사에 연습생 티오가 생겨 곧 오디션이 있을지도 모른다고 말했다. 바보처럼 착했던 선호는 연습생을 뽑겠다는 회사의 말을 곧이곧대로 믿었을 것이다.

선호의 믿음과는 반대로 소속사는 오디션은커녕 뽑아 놓은 연습생들의 데뷔마저도 내부 사정을 이유로 번번이 무산시켰다. 소속사와 칠 년 계약을 했던 선호는 결국 데뷔하지도 못하고 발목만 묶인 신세가 되어버렸다. 그때부터였을 것이다. 친한 친구들만 알고 있던 선호의 SNS에 의미심장한 사진들이 올라온 것은. 선호가 이상하다는 것을 느꼈을 때, 그때라도 나는 선호를 찾아갔어야 했다. 선호를 붙잡고 우린 얼마든지 다시 시작할 수 있다고 말해 줬어야 했다. 하지만 그렇게 하지 못했다. 결국 선호는 소속사 사람들의 부당한 대우와 미래에 대한 부담감을 혼자 감당하지 못하고 스스로 무너졌다.

선호의 세상이 무너지던 그 순간에도 나는 예고 입시 준비에만 매달리고 있었다. 그런 내가 너무도 원망스럽고 부끄러웠다. 그렇게 나는 원하던 예고에 들어왔고, 나만의 음악을 하겠다며 선호가 그렇게 바라던 아이돌을 우습게 여기는 사람이 되어버렸다. 어쩌면 나는 그동안 선호를 떠올리게 하는 모든 것을 외면하고 싶었는지도 모르겠다. 아니, 한편으로는 선호가 실패한 그 길을 제대로 가보고 싶은 마음도 있었다. 선호처럼 아이돌이 되는 게 아니라, 아이돌이 진정으로 즐기며 춤추고 노래할 수 있는 음악을 만드는 뮤지션이 되고 싶었다. 하지만 지금은 모르겠다. 뭘 해야 하는지, 무엇을 원하는지조차 알 수가 없다. 도대체 나는 무엇이 되고 싶은 걸까?

"수업 끝나고 연습실에서 보자."

되도록 작은 목소리로 한다고 했지만, 제이에게 귓속말하자 주변 아이들이 일제히 나를 쳐다봤다. 귓속말을 들은 제이보다 주변의 친구들이 더 놀라는 눈치였다. 오랜만에 학교에 나온 제이를 둘러싸고 있던 친구들은 내가 감히 제이를 불러냈다는 사실이 영 못마땅한 모양이었다. 언제나 이어폰을 귀에 꽂고 세상과는 담쌓고 지내는 듯 보이던 외톨이가 제이에게 무례하게 군다고 생각했을지도 모르겠다. 학교라는 공간에도 눈에 보이지 않는 계급이라는 것이 존재하는데, 특히 우리 반에서는 그 계급의 차가 확실했다. 아이돌로 이미 데뷔하고 인기를 얻은 제이는 피라미드 최상위 계급이다. 제이 주변의 아이들은 자신의 급을 스스로 높이기 위해 그 밑으로 기어들어간 것처럼 보였다. 그러니 피라미드 계급에도 속하지 못한 나 같은 존재가 자신들이 모시고 있는 최상위 계급의 인물에게 말을 거는 것조차도 용납할 수 없는 것이다.

"뭐야, 재는?"

"아, 내가 부탁한 게 있어서."

"재한테? 뭘?"

"그런 게 있어. 근데 오늘도 첫 수업은 실기수업이 아닌가?"

다행히 제이는 아주 자연스럽게 화제를 전환했다. 진우 역시 궁금했는지 나와 제이를 번갈아 쳐다보며 고개를 갸우뚱거렸다. 제이의 바람과는 달리 첫 수업은 일반과목 수업이었고, 다른 날보다 수업 시간이 느리게 흘러갔다.

"오래 기다렸냐?"

"왜 그랬어?"

"뭘?"

"피피 선생님한테 나 추천해 준 거."

"역시 그거 때문이었군. 근데 왜? 그게 이상해?"

"의도가 의심스러워서 그래."

"의도?"

"혹시 그렇게라도 해서 선호에 대한 죄책감을 덜어 보려는 거야?"

실실 웃던 제이의 얼굴이 얼음장처럼 굳었다. 화가 난 건지, 실망한 건지 모르겠지만, 내가 큰 실수를 한 것은 분명했다. 사실 나는 제이에게 고맙다고 얘기하고 싶었다. 그리고 선호의 연습생 시절에 대해 자세히 물어보고 싶었다. 하지만 의도치 않게 내 말은 종종 이렇게 고약하게 상대방의 가슴에 꽂히곤 했다.

"안 되겠다, 너. 아이돌 하지 마라."

"무슨 소리야? 그럴 마음도 없다니까."

"그래. 그러니까 춤도 추지 말고 노래도 부르지 말라고. 아니

아예 음악도 하지 마라. 그딴 식으로 살면 넌 앞으로 아무것도 못 할 테니까."

"뭐가 되든 내가 알아서 할 거니까 신경 좀 끄라고."

"넌 이 바닥이 우스워 보이지? 아니, 어쩌면 네가 오르지도 못할 곳이니까 우습게 보고 싶은 건가?"

"그런 거 아니라고!"

"내가 볼 때 너는 이미 타고난 끼와 실력을 지니고 있어. 그래서 너한테 도움을 주고 싶었던 거야. 그런데 내가 틀렸네. 넌 절대 이 바닥에 들어오면 안 되는 사람이야."

"네가 뭔데 그런 소리를 하냐고!"

"너 같은 유리 멘탈로는 아이돌 되고, 인기 프로듀서가 되더라도 그 자리를 절대 유지할 수 없다는 얘기야. 그런 나약한 마음으로는 얼마 못 가서 무너져 버릴 테니까. 너도 그걸 알기 때문에 선호를 향한 죄책감 운운하면서 도망칠 핑계를 대고 있는 거잖아! 넌 지금 선호 때문에 아무것도 못 하는 게 아니라 견뎌낼 자신이 없어서 이러고 있는 거야."

불같이 화내고 있는 제이의 눈가에는 그렁그렁 눈물까지 고여 있었다. 그 때문인지 나는 제이의 말에 한마디도 반박할 수가 없었다. 문득 선호가 SNS에 마지막으로 올렸던 그림이 떠올랐다. 조지 프레더릭 와츠의 그림, 〈희망(Hope)〉. 작은 구 위에 위태롭게 올라앉은 소녀가 눈이 가려진 채 다 망가진 현악기를 간절하게 붙들고 있는 그림이었다. 처음에는 이게 무슨 의미인지 몰랐는데, 그림을 한참 보고 있자니 나도 모르게 눈물이 났다. 가장 절망적인 순간에도 선호는 마지막 희망을 간절하게 붙들고 싶었던 것이 아닐까? 어쩌면 나는 흔들리지도 않고, 절망할 필요도 없는 바닥에 편히 주저앉아 간절한 희망을 끌어안고 사는 사람들을 한심하게 비웃고 있었는지도 모르겠다.

"진우야, 아직도 유효한 거지? 그 오디션."

"당연하지! 설마 너, 마음먹은 거야?"

"오디션 떨어져도 서로 원망하기 없기다?"

"야, 지금 무슨 소릴 하는 거야! 우리가 함께하면 천하무적이라니까."

"고맙다."

"내가 더 고맙지. 근데 어떻게 맘이 바뀐 거야?"

"이젠 뭐든 내가 한번 감당해 보려고."

"그래, 뭐든 해봐야지 뭐라도 되는 거라고 그러더라."

"누가?"

"제이가."

"제이가?"

"실은 제이가 연습실도 빌려줬는데, 너 몰랐지?"

이번에도 제이였다. 절대 아이돌은 하지 말라고 소리치던 제이의 모습이 떠올랐다. 나는 오기가 발동한 것인지도 모르겠다. 하지 말라고 하면 꼭 해보고 싶은 청개구리 심보가 발동된 것이라 해도 할 말은 없었다. 어쨌든 나는 이제 무언가 해야 할 때가 왔음을 본능적으로 알아차렸다.

"근데 왜 웃어? 오디션에 합격하는 상상이라도 했냐?"

"실은 제이가 나한테 아이돌 절대 하지 말라고 했거든."

"제이가? 이상하다. 연습실 빌려주면서 네가 만든 곡 들려달라고도 했는데?"

"그랬냐? 근데 내가 좀 재수 없게 굴긴 했잖아."

"알고는 있었냐?"

"어. 그래서 내가 오디션 본다고 하면 제이가 무슨 표정 지을지 궁금해."

"황당하기는 하겠다."

"그렇지?"

"근데 제이 오늘도 학교 못 올걸?"

"역시 아이돌은 바쁘네."

"곧 신곡으로 컴백하나 봐."

"참, 전에 말한 그 곡 내가 편곡을 좀 해봤어. 한번 들어보고, 이따 수업 끝나고 다시 얘기하자."

"오케이."

진우에게 파일을 넘기고 귀에 이어폰을 꼈다. 진우에게 넘긴 음악을 다시 들었다. 무겁게 가라앉았던 사운드를 조금 더 가볍고 신나게 바꿔보았다. 몸이 가벼운 진우에겐 이런 톤이 더 어울릴 것 같았다. 음악을 듣다가 문득 선호의 얼굴이 떠올랐지만, 이번에는 가슴이 먹먹하지 않았다. 선호도 내가 만든 곡을 무척 맘에 들어 할 거라고 생각했기 때문이다.

연습 또 연습이었다. 진우는 예상대로 바뀐 편곡을 좋아했다. 그래서 곡에 맞는 안무 동작을 새로 짜야 했다. 오디션 날짜가 점점 다가오자 우리는 제이가 빌려준 연습실에서 연습할 뿐만 아니라 학교와 거리 곳곳에서 춤추고 다녔다. 무언가에 빠져 한 시간이, 하루가 어떻게 가는지 모르는 날들이 계속되었다. 정말 오랜만이었다. 선호와 함께했던 시간만큼 지금 이 순간 역시 나에겐 정말 소중한 시간이었다. 안무 동작을 다 짜고 나자, 누군가에게 검증받고 싶은 마음이 들었다. 오디션 반 선생님도 있지만, 오디션 반 아이들 역시 이번 오디션을 준비하고 있어서 왠지 비교될까 봐 춤을 보여주기 싫었다. 몇 번을 망설이다가 용기를 내어 피피 선생님에게 우리의 안무를 봐달라고 부탁했다.

"음, 나쁘지는 않은데 중간 싸비(후렴구) 부분 안무는 좀더 단순하게 하는 게 좋을 것 같아. 요즘은 챌린지도 많이 해서 그런지 싸비 부분은 쉽고 단순하게 하더라고."

"아, 네. 다른 부분은요?"

"그것 빼곤 다 좋아. 근데 이 음악은 처음 듣는 곡인데, 누구 곡이야?"

"창작곡이에요."

"설마 한서가 만든 곡?"

"네."

"정말? 역시 제이가 추천할 만한 이유가 있었네."

"음악 괜찮나요?"

"춤추는 사람들은 춤추기 좋은 곡을 몸으로 알거든. 한서가 춤을 출 줄 아니까 역시나 곡도 딱 맞게 잘 나온 것 같아."

"감사합니다. 그런데 제이는 잘 있나요? 요즘 통 볼 수가 없어서요."

"나도 요즘은 못 봤어. 제이가 조금 바쁘거든."

피피 선생님은 제이에 대해 무슨 할 말이 있는 표정이었지만, 내 얼굴을 보더니 입을 다물었다. 혹시 제이에게 무슨 일이 있는 걸까?

"나중에 아이돌 돼보면 알겠지만, 그게 끝이 아니야. 그때부턴 또 생각지도 못했던 문제들이 불쑥불쑥 튀어나오거든."

"근데 뭐 제가 될 수나 있을까요? 아직 연습생도 못 돼서 이러고 있는데."

"물론 미리 걱정할 필요는 없지. 그저 어디서나 단단한 마음이 중요하다는 얘기야."

피피 선생님은 격려한다는 의미로 내 어깨를 한번 잡아주셨다. 제이를 어떻게든 만나면 오디션을 보게 되었다는 말을 전하고 싶었는데, 그럴 기회가 없었다. 혹시나 하는 마음에 선생님에게 제이의 안부를 물었던 건데, 선생님의 표정이 사뭇 진지했다. 제이에게 무슨 일이 있는 건 아닌지 자꾸만 걱정되었다. 진우와 남은 연습을 마치고 집에 거의 도착했을 무렵, 모르는 번호로 문자가 왔다.

아이돌 하지 말라니까 기어이 오디션을 보겠다고? ㅎㅎ 어쨌든 파이팅이다!

누구라고 말하지는 않았지만, 누가 봐도 제이의 문자였다. 문자를 보는 것만으로도 나는 머쓱해졌다. 다행히 제이는 내게 마음이 바뀐 이유를 묻지 않았다. 어쩌면 제이도 나만큼 선호의 일을 마음에 두고 있었는지도 모르겠다. 그래서 더 나한테 신경을 쓰고 마음을 썼을 것이다. 고마움과 미안함이 뒤엉켜서 답장을 어떻게 해야 할지 한참을 망설였다. 결국 나는 한마디만 적어 문자를 보냈다. 고마워. 그러고는 제이의 전화번호를 휴대폰에 저장하면서 이름란에 제이의 본명인 '전재희'

를 적었다. 몇 명 있지도 않은 전화번호 목록에 그렇게 또 한 명의 친구가 저장되었다.

"야! 너 기사 봤냐?"

"무슨 기사?"라고 묻기도 전에 진우는 내게 링크를 보내주었다. 제이가 속한 그룹에 관한 기사였다. 팬들과 하는 라이브 방송 중에 막내 멤버인 제이를 다른 멤버들이 은근히 따돌리는 장면이 그대로 노출된 것이 문제였다. 이제 막 인기를 얻기 시작한 그룹이었기에 더 이슈였는데, 하루가 지나도록 소속사가 제대로 입장 발표를 하지 않자 이러쿵저러쿵 더 말들이 많았다. 특히나 그 그룹의 멤버 중 한 명이 데뷔 시점부터 '학폭'을 했다는 의심을 받은 터라 더 큰 문제가 되고 있었다. 평소 서글서글하고 아이돌답지 않게 친화력이 좋은 제이라서 나는 더 놀라고 걱정되었다. 제이 같은 성격이어도 팀 내의 알력 싸움으로 이렇게 고생할 수 있다는 사실에 더욱 마음이 편치 않았다.

"진짜 세상에 쉬운 일 하나도 없구나."

"그러게. 제이같이 성격 좋은 애들도 저 바닥으로 들어가면 저렇게 될 수 있다니."

진우는 고개를 절레절레 저었지만, 오디션에 대한 갈망은 여전히 뜨거워 보였다. 나는 내게 아이돌 하지 말라고 얼굴이 벌게져서 소리치던 제이의 얼굴이 자꾸만 떠올랐다. 그때 그 순간 제이의 마음이 어땠을지 이제야 어렴풋이 이해되기도 했다. 산 넘어 산이고, 물 건너 물이었다. 하고 싶은 일을 하기 위해서 우리는 그렇게 끝없이 무언가를 넘어야 하고 견뎌내야 하는 것이다. 처음엔 선호를 혼자 두고 소속사를 나와 성공한 제이를 원망했다. 하지만 이제 와 생각해 보면 제이도 그땐 고작 열여섯 살이었다. 성인이라 해도 그런 일은 좀처럼 감당하기 힘들었을 것이다. 그러니 지금은 또 얼마나 불안하고 두려울까? 안타까운 것은 속절없이 쏟아지는 기사 속에 제이의 상황이 어떤지 말해주는 기사는 단 한 줄도 없었다는 것이다.

괜찮니?

할 말이 많았지만, 나는 이번에도 제이에게 한마디밖에 보내지 못했다. 실기수업이 끝나고 오디션 연습이 끝날 때까지도 제이에게서 아무런 답장이 오지 않았다. 아마도 제이의 시간은 아주 느리게 흐르고 있는 모양이었다.

샤워를 겨우 마치고 침대에 누웠다. 몸은 피곤해서 축 처져 있었지만, 정신은 예민하게 살아 있어 좀처럼 잠을 잘 수 없었다. 어쩌면 이렇게 고되게 연습하고 무언가에 도전하는 순간이 가장 행복한 시간인지도 모른다. 선호와 함께 춤을 추며 온 동네를 휩쓸고 다닐 때도 그랬다. 그런 의미에서 오디션에 붙는 그 순간부터 나는 또 다른 지옥의 시간을 걷게 될지도 모르겠다. 그렇더라도 계속 이 길에 도전해야 하는 걸까? 도대체 무엇을 위해 이 끝없는 과정을 견뎌내고 있는 걸까? 수없이 묻고 또 물었던 질문이지만, 여전히 답을 할 수 없었다.

"드디어 그날이 오고 말았네."

"왜? 이제야 좀 쫄려?"

"쫄리긴. 그냥 그렇다는 거지. 그나저나 고맙다."

"뭐가?"

"난 오늘 네가 여기 안 올까 봐 걱정했거든."

"왜?"

"제이까지 그렇게 된 거 보고, 네가 또 도망칠 수도 있다고 생각했거든."

"넌 가만 보면 항상 나를 띄엄띄엄 보더라?"

"야, 너는 좀 띄엄띄엄 봐야 괜찮더라. 애가 너무 답답해."

"됐고. 컨디션은 좀 어때?"

"최고야. 오늘 우리 신나게 달려보자."

"가보자고!"

오디션을 보는 장소 앞에서 진우와 나는 마지막 파이팅을 외쳤다. 오디션을 앞두고 두근거리는 마음을 감출 수는 없었다. 또 내가 도망가지 않아서 고맙다는 진우의 말에는 울컥할 수밖에 없었다. 나 역시 내가 도망가지 않아서 다행이라고 생각했다. 언제 무너질지 몰라 불안한 현실이지만, 앞도 뒤도 보지 않고 달려 나갈 힘이 내게 아직 남아 있다는 거니까. 더구나 이번 오디션은 조금 특별한 방식으로 진행된다고 했다. 오디션 과정을 모두 동영상으로 촬영해서 소속사 채널에 참가자별로 오디션 영상을 올리고, 일반 시청자의 평가와 심사위원 평가를 동시에 받는 형식이었다. 그래서 더 떨리고 부담이 큰 오디션이었다. 진우와 나는 팀으로 참가했는데, 그 결정이 득이 될지 실이 될지는 아무도 모르는 일이었다.

많은 참가자가 공장처럼 보이는 커다란 스튜디오 앞에서 마치 콘서트를 기다리는 관객처럼 줄을 서 있었다. 이 친구들은 그나마 일 차 동영상 심사에 합격한 친구들이었다. 바람은 스산하고 기온도 낮아서 가만히 있어도 추운데, 긴장감까지 들어 온몸이 자꾸만 사시나무 떨리듯 떨렸다. 진우도 마찬가지인지 가방에서 무언가를 주섬주섬 꺼냈다. 박카스인 줄 알았는데 우황청심환이었다.

"야, 이거 먹었다가 조는 건 아니겠지?"

"일단 먹어 둬. 어차피 우리 순서가 맨 뒤쪽이라서 한숨 자고 일어나도 될 거야."

생각보다 긴 기다림이었다. 문득 선호가 명함을 받은 소속사에 오디션을 보러 가던 날이 떠올랐다. 그때 나도 선호와 함께 오디션을 보러 갔으면 어땠을까? 또다시 후회가 밀려왔지만, 예전처럼 자책하는 마음은 들지 않았다. 오히려 선호를 위해서라도 오디션을 잘 보고 싶은 마음이었다. 저녁이 다 돼서야 준비하라는 신호가 떨어졌다. 오디션 무대에 가기 위해서는 긴 복도를 통과해야 했는데, 그 복도가 무척이나 길게 느껴졌다. 이제 나무 계단만 올라가면 무대에 오를 수 있었다. 진우와 나는 아무 말도 없이 하이 파이브를 했다. 세상에서 가장 무거운 갑옷을 걸친 기분이 들었다. 하지만 이제 그 무게를 견디고 저 무대 위로 올라서고 싶었다.

오디션이 무사히 끝났다. 결과는 이례적으로 일주일 뒤 소속사 유튜브 채널에서 공개한다고 했다. 그래도 합격자에게는 미리 언질을 줄 거라고 예상했는데, 오디션 동영상을 채널에 올리고 동영상 조회 수와 '좋아요' 수를 심사위원 점수에 반영할 시간이 필요하다고 했다. 아마도 자기 회사 오디션의 공신력을 높이면서 동시에 채널의 활성화를 꾀하는 전략이 포함된 것 같았다. 덕분에 진우와 나는 영혼을 지옥에 두고 온 좀비처럼 일주일을 보내야 했다. 오디션만을 위해 쉼 없이 달리다가 갑자기 그 결과를 기다려야 하는 상황이 되자, 정말 아무것도 할 수가 없었다. 덕분에 중간 실기 평가는 엉망진창으로 봐야 했다.

"나, 이렇게 시간이 안 가는 건 태어나서 처음이야."

진우가 말했다. 나도 물론 같은 마음이었다.

"진짜 사람을 말려 죽이고 싶은 건가?"

"우리 엄마는 소용없다고 해도 자꾸만 스트리밍하더라. 지인들에게 링크 막 뿌리고.”

“다들 그런 식으로 할 텐데, 그게 진짜 변별력이 있을까? 친척이나 지인들 많은 사람이 이길 수도 있고.”

“그래도 어제부터 조금씩 차이가 나기 시작하던데?”

“그걸 계속 보고 있었냐? 나는 살 떨려서 못 보겠던데.”

“안 본다고 해도 어차피 이 생각 때문에 아무것도 못 하잖아. 그냥 보는 게 낫다.”

“역시 멘탈 갑. 송진우!”

“근데 제이한테는 연락 왔냐?”

“아직.”

“보니까 팬들끼리 싸움 나서 더 난리더라. 그러다가 팀 해체되는 거 아닌가, 모르겠어.”

“우리는 오디션 보는 것도 이렇게 숨 막히는데, 아이돌 그거 할 수나 있을까?”

“이런 일이 쌓이고 쌓여서 단련되는 거 아닐까? 나름의 굳은살처럼.”

제이가 보여준 단단함은 그런 굳은살이었을까? 선호가 견디지 못한 그 순간을 제이는 어떤 마음으로 견뎌냈을까? 제이의 자랑스러운 굳은살을 그저 비겁함이라고 비난했던 나 자신이 다시 부끄러워졌다.

"설마 포기하진 않겠지?"

"누가?"

"제이 말이야."

"모르지. 근데 넌 지금 그게 걱정이 되냐? 우리 코가 석 자인데."

"하긴."

"그렇게 걱정되면 전화라도 걸어 봐."

"잠수 탔다며?"

"받고 싶지 않은 전화만 오니까 그랬겠지."

제이에게 내 전화는 받고 싶은 전화일까? 아니면 받고 싶지 않은 전화일까? 복잡한 생각에 갈피를 잡을 수 없었지만, 이상하게 나는 제이에게 전화를 걸어보고 싶어졌다. 선호가 죽고 난 뒤, 가장 후회했던 일은 선호를 방해할지도 모른다는 생각에 내가 먼저 선호의 안부를 묻지 않았다는 것이다. 그때는 그게 바쁜 선호에 대한 배려라고 생각했다. 하지만 그건 배려가 아니라 자격지심이 만들어낸 핑계였을지도 모르겠다. 후회가 후회를 낳고 자책과 원망이 다시 나를 구석으로 몰아붙이곤 했다. 하지만 다행히 지금의 나는 그때와 다른 선택을 할 수 있다. 용기를 내어 모든 경우의 수를 무시하고, 제이에게 전화를 걸었다.

"여보세요?"

"뭘 그렇게 놀래?"

"아, 나는 전화를 안 받는 줄 알고."

"그러게. 너는 운 좋다. 좀 전에 전화기를 켰거든."

"괜찮은 거야?"

"뭐가?"

"괜찮으면 됐고."

"괜찮겠냐? 죽을 맛이다."

"회사에선 뭐래?"

"모르겠어. 그래서 더 답답하고."

"괜찮을 거야. 너는 잘못한 것도 없잖아."

"그러게. 잘못한 거라도 있으면 반성이라도 하는데 말이야. 근데 넌 오디션 봤냐?"

"어."

"결과는?"

"아직."

"언제 발표인데?"

"아마도 내일?"

"근데 목소리가 왜 이렇게 기어들어 가?"

"너는 지금 그게 중요하냐?"

"중요하지. 내가 말했잖아. 유리 멘탈로는 아무것도 할 수 없다고."

"그래서 강철 멘탈인 너는 잘 버티고 있는 거야?"

"잘은 모르겠고, 그냥 버티는 거지 뭐. 어쨌든 시간은 가니까. 지나고 나면 또 아무것도 아닌 게 되기도 하고. 우리는 어차피 사람들의 관심을 먹고 사는 존재들이잖아. 그게 좋은 것이든 나쁜 것이든. 그 정도는 감수하고 계속 앞으로 나아가야지. 그래야 뭐라도 될 테니까."

"역시 현직 아이돌은 다르네."

"고맙다."

"갑자기 뭐가?"

"전화해 준 거. 덕분에 기분이 좀 나아졌어."

"내가 고마웠지. 여러 가지로."

"그래? 그럼, 오디션 발표 나면 또 전화해 주라. 결과에 상관 없이."

"그래. 그리고 만약에 내가 오디션 붙으면."

"붙으면?"

"프로그래밍하는 거 가르쳐 줄게. 건반도."

"나 지금 녹음했다. 나중에 다른 말 하기 없기다?"

심각할 줄 알았던 제이와의 통화는 의외로 아주 유쾌하게 끝났다. 역시나 제이는 어떤 순간이든 자신만의 방식으로 상황을 유연하게 대처할 줄 아는 친구였다. 그렇다면 나는 어떨까?

하고 싶은 일을 하기 위해서라면 일면식도 없는 사람들의 맹목적인 관심과 비난을 온전히 견뎌낼 수 있는 사람일까? 여전히 자신은 없었지만, 한 번쯤은 그런 사람이 되고 싶은 마음도 들었다. 어떤 일을 경험하게 된다 해도, 어차피 시간은 흘러가니까. 좋은 기억이든 나쁜 기억이든 영원히 머물러 있는 법은 없으니까.

진우와 함께 두 손에 휴대폰을 쥐고 오디션 발표 영상이 올라오기를 기다리고 있었다. 솔직히 말하면 아직도 오디션에 붙고 싶은 건지 아닌지 헷갈렸다. 한편으로는 오디션에 떨어져서 역시 이 길은 내 길이 아니라는 것을 확인하고 싶었다. 또 다른 한편으로는 오디션에 붙어 내가 원하는 일을 거침없이 해나가고 싶은 마음도 있었다. 그렇다면 붙어도 좋고 떨어져도 좋다고 생각하면 편할 텐데, 사람의 마음은 그렇게 단순하지 않았다. 뱃속에서 무언가 꿈틀거리는 것 같은 느낌이 들었다. 그게 설렘인지 기대인지 긴장인지 구분조차 할 수 없었다.

언제나 열정적인 진우가 바닥에 엎드려 과도한 기도를 드리다가 갑자기 벌떡 일어나 외쳤다.

"한서야! 준비됐냐?"

"아니."

"네 휴대폰 한번 열어보자."

"왜 내 폰으로?"

"너무 떨려서 내 폰은 아까 꺼놨어."

"내 폰으로 본다고 뭐가 달라져?"

"어서 열어보라니까. 나 지금 숨 막힐 것 같단 말이야."

"진짜 우리 떨어져도 울기 없기다?"

"너나 울지 마."

진우가 재촉했지만, 나 역시 휴대폰을 볼 수 없었다. 결국 나는 진우에게 휴대폰을 넘기고 뒤돌아 앉았다. 언제나처럼 이어폰이라도 껴보고 싶었지만, 휴대폰을 진우에게 넘긴 상태라서 그럴 수도 없었다. 진우가 무슨 말을 할지 몰라 자세를 고쳐 앉았다. 등 뒤에서는 아무런 소리가 들리지 않았다. 붙었을까? 떨어졌을까? 나는 차마 뒤돌아보지 못했고, 진우는 어떤 힌트도 주지 않은 채 조용히 내 어깨를 잡았다.

— 3 —

때론 짙게 때론 은은하게

— 천지윤 —

1

초록이는 햇볕이 뜨겁게 내리쬐는 날씨에도 굴하지 않고 어김없이 피시방으로 향했다. 유리문을 열자 시원한 에어컨 바람이 초록이를 감쌌다.

"자, 오늘도 달려볼까?"

먼저 자리에 앉아 있던 민우가 초록이를 보고 손을 흔들었다.

"야, 얼른 와!"

"오케이."

초록이는 피시방에서 시킨 콜라를 마시며 게임에 집중했다.

"어? 탈리얼 딜이 왜 전보다 덜 들어가는 거 같지? 야야, 뚫리면 안 돼!"

"막아! 진초록, 빨리! 막으라고!"

"아씨. 못 막았다."

"아, 졌네. 까비! 야, 진초록 큐 더 돌릴까? 혹시 출출하냐?"

"좀 배고프네. 잠깐 쉬자. 돈가스 시켜 먹어야겠다."

"난 치킨마요 먹어야겠다!"

한참을 게임에 집중하다 보니 배가 고파진 초록이는 돈가스를 먹었다.

"아무래도 탈리얼 좀 이상한데? 패치 노트 좀 봐야겠다."

초록이는 게임에서 업데이트된 사항을 확인하기 위해 게임 홈페이지에 들어가 패치 노트를 살폈다. 초록이가 즐겨하는 캐릭터인 탈리얼의 공격력이 감소했다는 내용이 담겨 있었다.

"아씨, 뭔가 이상하다, 했어! 탈리얼 너프당했어! 짜증 나!"

"헐, 너프 세게 당했네. 진초록 탈리얼 원 챔인데. 우째?"

초록이는 속상한 마음에 한숨을 푹 쉬었다. 그때 민우가 갑자기 치킨마요를 먹다 말고 손가락으로 초록이 앞에 있는 화면을 가리켰다.

"야, 이거 봐! 팬아트 공모전? 상금이, 일 등 상금이 백만 원이네. 한 달 남았다! 어? 여름방학 끝나는 날 아니냐?"

패치 노트 아래에 '7주년 기념 1등 상금 100만 원 팬아트 공모전'이라고 적혀 있는 조그마한 창이 보였다.

"와, 백만 원……."

"진초록! 탈리얼 너프 기념으로 이거나 그려 봐라. 게임 돌려 봤자 계속 질 텐데. 탈리얼을 정성스럽게 그리면 너의 간절한 마음을 알아주고 다시 탈리얼 버프시켜 줄지 또 아냐?"

"너, 뒈진다아."

"와, 근데 백만 원이면 피시방 몇 시간 할 수 있는 거냐?"

"그러게 백만 원이라……."

작은 설렁탕 가게를 운영하는 부모님에게 용돈을 받아 피시방에 오는 것이 초록이는 늘 눈치가 보이고 죄송했다. 백만 원이라는 금액을 얻을 수 있는 팬아트 공모전은 그런 초록이에게 마치 어둠 속에 비치는 한 줄기 빛 같았다.

"민우야, 나 결심했다."

"뭘?"

"이번 중학교 일 학년 여름방학을 의미 있게 보내겠다."

초록이의 눈동자가 반짝거렸다. 진초록에게 처음으로 게임 말고 흥미로운 일이 생겼다.

"나 백만 원 탄다! 그래서 맘껏 피시방에서 게임을 하겠다!"

가장 익숙한 탈리얼을 팬아트로 그리겠다고 결심했다. 초록이는 탈리얼을 인쇄해서 똑같이 그려봤다.

'매번 플레이하던 놈인데 그리려니까 쉽지 않네.'

초록이는 여름방학 내내 그림만 그렸다. 처음에는 따라 그리다가 점점 앞모습, 옆모습, 뒷모습을 생각해서 그리기 시작했다. 이상하게 그림을 그릴수록 재미있었다. 자꾸만 웃음이 나고 즐거웠다. 그렇게 초록이의 여름방학은 게임하는 시간보다 그림 그리는 시간이 더 많았다. 여름방학이 끝나기 하루 전 초록이는 열심히 그린 작품을 제출했다.

일주일 뒤, 결과 발표 날이었다. 초록이는 오매불망 발표를 기다렸다. 홈페이지에 들어갔다 나왔다 마우스로 클릭하길 반복하던 중, 드디어 결과가 나왔다.

'일 등일 리가 없지. 그럼, 그렇지.'

마우스로 당선자 목록을 훑어보다가 마우스 커서가 멈췄다.

"헐! 대박. 장려상. 진초록 삼십만 원?"

학교 마치면 게임하기 위해 피시방으로 달려가던 한 소년은 이날을 기점으로 그림을 더 잘 그리기 위해 달려가는 소년이 되었다.

'게임 캐릭터를 그리는 직업은 뭐지?'

초록이는 게임할 때 사용하던 컴퓨터를 다른 용도로 사용하기 시작했다.

일러스트레이터: 게임 캐릭터, 그림책의 그림, 신문과 잡지에 들어가는 그림을 그리는 직업

중학교 일 학년, 그렇게 한 소년에게 꿈이 생겼다.

'아, 일러스트레이터? 어떻게 하면 될 수 있지?'

검색해서 나온 내용 중에 가장 눈에 들어온 것은 예술고등학교에 진학하는 것이었다.

'한서예술고등학교 미술과가 제일 핫하네!'

초록이는 일러스트레이터가 되고 싶었다. 그 첫걸음은 바로 한서예술고등학교 미술과에 들어가는 것이었다. 한서예술고등학교 미술과 입학 전형을 검색했다.

100명을 모집하며 중학교 성적 200점, 실기고사 성적 300점

종합 500점 만점에서 점수를 내서 결정된다. 실기고사는 드로잉이랑 채색화로 구성된다.

초록이의 손가락이 빠르게 키보드를 연신 두드렸다.

Q: 예술고등학교 미술과 가는 법?

A: 대부분 미술학원에서 준비합니다. 혼자서 준비하는 것이 힘들긴 하겠지만 독학으로 준비할 수도 있습니다.

알고 있었다. 작은 설렁탕 가게를 운영하는 부모님께 미술학원에 다니고 싶다고 말하면 크게 부담이 될 거라는 사실을 말이다. 잠깐 고민하던 초록이는 다짐한 듯 고개를 끄덕였다.

'에라이! 혼자 한번 해보지 뭐!'

초록이는 팬아트 공모전에서 받은 삼십만 원으로 인터넷 강의를 수강했다. 학교 미술 선생님께 이것저것 묻기도 하고, 유튜브를 통해 공부하기도 했다. 그렇게 이 년이 넘는 시간 동안 한서예술고등학교에 가기 위해 최선을 다해 준비했다.

고등학교 일 학년이 된 초록이는 삼월의 쨍하고 따뜻한 햇살을 받으며 빠른 걸음으로 걸었다. 한 걸음, 두 걸음 발걸음을 옮길 때마다 머리카락이 왼쪽 오른쪽으로 움직였다. 초록이의 빠른 걸음이 점점 느려지더니 이내 멈추었다. 초록이는 앞머리를 정리한 후, 자기 앞에 보이는 커다란 건물을 천천히 올려다봤다.

"한서예술고등학교!"

마침내 초록이의 눈에 커다랗게 쓰인 글씨가 보였고, 그 글씨를 눈으로 따라가며 입으로는 크게 외쳤다.

"크. 한서예고 미술과! 내가 여길 다닌다니!"

초록이는 양손으로 입을 가렸다.

"하하하, 일러스트레이터! 그 엄청난 꿈을 향해!"

비록 꼴등으로 간신히 입학했지만, 새어 나오는 웃음을 참지 못하고 입에서 손을 떼어 크게 웃었다. 초록이는 그동안 좋아하던 게임을 꾹 참고 일러스트레이터가 되기 위해 노력했다. 노력하고 노력한 결과 드디어 한서예술고등학교 입학이 현실이 되었다. 초록이는 그 꿈을 이루기 위한 첫발을 내디딘 것 같아 기뻤다.

"가즈아. 가보자고!"

양손으로 가방끈을 꽉 잡고 성큼성큼 힘차게 걸어 교문을 통과했다.

2

하늘이는 방에서 교복을 입고 자기 모습을 전신 거울로 비춰봤다. 하늘색 와이셔츠에 회색 치마를 입고, 노란 리본 넥타이를 맨 모습이 보였다.

'엄청 쨍한 노란색이네.'

어깨선보다 조금 아래까지 내려온 검은 머리카락들, 초점 없는 두 눈, 그리고 자기 이름이 적혀 있는 명찰. 거울로 멍하니 자신을 바라보다 시선을 아래로 옮겨 명찰을 손가락으로 만지작거렸다.

"연하늘……."

하늘이는 남들보다 조금 빨리 진로를 정한 아이들이 가는 곳인 예술고등학교의 학생이 되었다.

"예술고등학교……."

거기다 한서예술고등학교는 들어가고 싶어도 쉽게 들어갈 수 없는 곳이었다. 미술과가 있는 예술고등학교 중에서도 인기가 꽤 있는 학교였다. 하지만 하늘이는 별로 감흥이 없었다. 가고 싶어서 가는 곳이 아니니까. 하늘이에게 학교는 그냥 엄마가 정한 대로 가는 곳이었다.

엄마는 하늘이에게 관심이 많았다.

"하늘아, 따라 해봐! 애플. 이건 애플, 애플은 사과!"

"애애애."

"애플!"

"애베베."

영어를 가르쳐 봤지만 잘 배우지 못하고 관심 없는 걸 보고, 엄마는 일찍이 하늘이가 언어를 습득하는 것이나 공부하는 데는 흥미가 없다고 판단했다.

'음, 공부 쪽은 힘들겠다.'

하늘이의 진로를 찾기 위한 엄마의 노력은 여기서 끝나지 않았다. 악기, 노래, 운동 이것저것 가르쳐 보기 위해 여러 학원에 보냈다. 하지만 하늘이의 관심은 엄마의 열정과 반비례한 듯했다. 세상에 호기심이 많은 다른 아이들과 달리 하늘이는 관심 있어 하는 일을 찾아 주기가 어려웠다.

'음, 악기도 노래도 운동도 안 되겠고…….'

하지만 엄마의 집념은 대단해서 마지막으로 미술학원에도 보냈다. 마침내 하늘이가 미술에 약간의 흥미를 보이자, 결국 엄마는 진로를 미술로 정해 주었다.

"우리 하늘이 그림 그리는 거 좋아?"

하늘이가 고개를 끄덕였다.

"그래? 그럼, 하늘이 미술 하자! 진로는 어릴 때 정할수록 좋으니까."

물론 하늘이도 그림 그리는 게 좋고 재밌었다. 하지만 그때는 몰랐다. 여덟 살에 그림 그리는 게 좋다는 표현을 했다는 이유로 앞으로 십 년이 넘는 기간의 계획이 세워질 줄은. 정말 꿈에도 몰랐다.

"하늘아, 엄마가 찾아봤는데 한서예술고등학교 미술과가 제일 좋대. 거기로 가볼까?"

이 말을 들은 건 초등학교 삼 학년 때였다. 그때부터 학원에서 한서예술고등학교에 가기 위한 입시 준비를 시작했다. 하늘이의 인생은 엄마가 정해 준 길을 따라가는 것이었다. 학교도 마찬가지였다. 그 계획 중 하나였다. 하늘이에게 한서예술고등학교 미술과란 정교하게 짜인, 따라가야 할 커리큘럼 가운데 하나일 뿐이었다. 그래도 그림을 그리는 게 썩 나쁘지 않았다. 나름 재미있었다. 스스로 재능이 있는 것 같다고 느끼기도 했다. 학원에서도, 학교에서도, 어디를 가도 다들 잘 그린다고 했으니까. 엄마는 한서예고, 한서예고 노래를 불렀다. 그래서 한서예술고등학교 미술과에 지원했다. 딱히 거부할 이유도, 방법도 없었다. 그냥 정해진 대로 따르는 게 좋겠다고 생각했다. 하늘이가 방문을 열고 거실로 나왔다.

"학교 다녀올게요."

"어? 엄마가 태워줄게!"

"네."

"근데 머리 지저분하게 푼 것보다 묶는 게 낫지 않아?"

"네, 묶을게요."

하늘이는 다시 방으로 들어가 거울을 보고 단정해 보이게 머리카락을 한곳으로 모아 검은색 고무줄로 꽉 묶었다.

"좋네. 우리 딸의 첫 고등학교 등교! 가보자."

"네."

엄마가 교문 앞에서 조금 떨어진 곳에 차를 세웠다.

"잘 다녀와. 딸."

"네. 다녀올게요."

하늘이는 차 문을 닫고 학교 교문으로 향했다. 교문을 통과하려는데, 키가 꽤 커 보이는 남학생이 학교를 손가락으로 가리키며 웃고 있었다.

"하하하, 꿈을 향해! 가즈아."

하늘이는 '뭐가 저렇게 신날까?' 생각하며, 표정의 변화 없이 남학생을 지나쳤다. 흘러가는 대로 따라가자고 생각하며 힘없이 바람이 이끄는 방향을 따라 터덜터덜 걸으며 교문을 통과했다.

3

선생님들의 입학식 환영 인사를 스크린으로 보다가 초록이는 고개를 갸우뚱거렸다. 어디서 봤는지, 낯익은 얼굴이 보였기 때문이다.

"교장 선생님에 이어 교감 선생님의 말씀을 들어보겠습니다."

안경을 쓴 얼굴에 검은 머리 사이로 보이는 흰머리, 어딘가 모르게 장난기가 가득해 보이는 외모, 말할 때마다 급하게 움직이는 손. 그리고 쩌렁쩌렁하게 큰 목소리를 가진 사람이었다.

'어? 어디서 본 적이 있는 것 같은데?'

교감 선생님을 어디서 봤는지 한참 동안 아무리 고민해도 잘 떠오르질 않았다. '흔하게 생긴 얼굴인가?' 생각하며 초록이는 결국 기억해 내는 것을 포기했다.

드로잉 수업, 디자인 수업, 조소 수업, 서양화 수업, 그리고 동양화 수업까지 초록이는 학교에서 배우는 모든 게 새로웠다.

드로잉 수업은 이 층에 있는 실습실에서 진행되었다. 드로잉 수업을 들을 생각에 들뜬 마음으로 일 층 교실에서 나와 계단을 올랐다.

"자, 드로잉 수업은 기초라고 할 수 있죠. 여러분이 이 학년이 되면 디자인, 조소, 서양화, 동양화 중에서 전공을 선택할 건데, 아마 모든 전공의 베이스가 되는 수업이 드로잉 수업이 아닐까 싶어요."

드로잉 수업을 담당한 선생님이 연필을 이리저리 흔들었다.

"자, 이제 여러분은 이 연필이 얼마나 대단한 도구인지 알 수 있을 겁니다. 드로잉 수업에서 스케치하고, 명암을 넣으며 색칠하는 과정을 배우게 될 것입니다. 기초부터 탄탄해야 하는 거 알죠?"

"네!"

학생들이 책상 앞에 놓여 있는 도화지와 연필을 만지작거렸다.

"그럼, 선부터 그어봅시다."

교실 안이 쓱, 쓱, 연필이 도화지에 맞닿는 소리로 가득 찼다.

디자인 수업은 드로잉 교실 옆에 있는 디자인 교실에서 이루어졌다. 디자인 수업은 초록이가 가장 듣고 싶은 수업이었다. 떨리는 마음으로 디자인 교실에 들어갔다.

"여러분 디자인이 뭔가요?"

학생들이 대답하지 못하자, 선생님께서 준비한 발표 자료를 커다란 화면에 띄웠다.

"모든 것이 디자인입니다. 제가 입고 있는 이 옷도, 여러분이 보고 있는 자료도 다 디자인이라고 할 수 있죠. 디자인은 모든 실생활에서 빠질 수 없는 존재랍니다."

선생님의 말씀에 학생들은 준비된 자료를 바라보며 고개를 끄덕였다.

"대학에 가면 사실 디자인도 여러 분야로 갈라져요. 제품을 디자인하는 산업디자인, 광고나 영상, 일러스트를 만들 수 있는 시각디자인, 옷이나 신발 또는 가방을 디자인하는 패션디자인 등 다양하게 나뉜답니다."

여백, 사이즈, 컬러. 혼자 공부해서 배우기 어려웠던 내용을 수업으로 듣는 초록이의 두 눈이 더욱 반짝였다.

조소 수업은 삼 층에서 이루어졌다. 조소 교실 안에는 다양한 크기의 조각상들이 있었다.

"여러분은 평면으로 그림을 그려서 한서예술고등학교에 입학했죠?"

"네!"

"조소는 평면이 아니라 입체로 하는 미술이라고 할 수 있습니다." 선생님은 주머니에서 휴대폰을 꺼냈다. "자, 이 핸드폰을 보세요. 핸드폰은 액정이 있는 앞면, 뒤를 돌리면 카메라가 있는 뒷면, 그리고 앞과 뒤를 이어주는 옆면들이 존재하죠. 이렇게 모든 면을 만드는 것이 바로 조소입니다."

입체 표현을 하는 것이 조소, 붙이고 쌓는 것은 소조, 재료를 깎아서 만드는 것을 조각이라고 부른다. 이런 내용을 배우다 보니 초록이는 점점 더 수업이 흥미롭고 즐거웠다.

서양화 수업은 조소 교실 옆에 있는 서양화 교실에서 이루어졌다.

"서양화는 서양에서 발생해서 발달한 그림이나 서양에서 보급된 재료와 기술을 사용해 그린 그림을 말해요."

서양화 선생님은 들고 온 재료들을 보여주며 말을 이어갔다.

"유화, 수채화, 아크릴화, 펜화, 연필화, 파스텔화, 크레용화 등 우리가 알고 있는 재료로는 대부분 서양화를 그린다고 할 수 있죠."

선생님이 보여주려고 준비해 온 다양한 작품들을 구경하다 보니 수업 시간이 끝났다.

동양화 수업은 이 층 디자인 교실 앞에 있는 동양화 교실에서 진행되었다.

"동양화는 우리나라의 전통적인 기법과 양식으로 그린 그림을 말해요. 동양화의 종류는 세 가지가 있어요. 먹으로만 그린 그림인 수묵화, 먹에 채색을 살짝 섞은 수묵담채화, 채색을 위주로 하고 먹을 조금 사용하는 진채화가 있지요. 동양화의 대표적인 재료는 한지, 붓, 먹이 있습니다."

선생님이 흰색과 검은색으로만 이루어진 수묵화, 약간의 색이 섞인 수묵담채화, 화려한 색감이 돋보이는 진채화를 보여줬다.

모든 수업이 마음에 들었다. 하지만 학교에서 초록이의 마음을 가장 뜨겁게 만든 것은 기숙사 제도와 장학금 제도였다. 미술과 일 학년 전체에서 성적이 이십 등 안에 드는 학생은 기숙사에 들어갈 수 있었다. 집과 설렁탕 가게는 학교에서 버스를 타고 한 시간을 가야 했다. 기숙사에 들어가면 시간을 아낄 수 있었다. 거기서 끝이 아니었다. 성적이 이십 등 안에 들면 장학금을 받아 학비가 면제였다.

"장학금 타고 만다!"

초록이는 한서예고 미술과에 진학한 것에 상당한 만족감을 느꼈다. 장학금을 받으면 부모님의 부담도 덜어줄 수 있을 것이다. 꼭 장학금을 받겠다는 의지에 불탔다. 지금, 이 마음을 부모님께 알리고 싶었다. 초록이는 버스 정류장으로 힘차게 뛰어갔다.

"유후. 유후우. 예에."

한 시간 뒤, 노래를 흥얼거리며 버스에서 내렸다. 초록이는 가게 안으로 들어가 손님이 없는 것을 확인하고 부모님께 큰 소리로 인사했다.

"한서예고 학생 진초록! 저 왔어요! 비록 지금은 꼴등으로 시작하지만 진씨 집안 장남! 성적으로 이십 등 안에 들어서 장학금을 받아 부모님의 고생을 덜어드리겠사옵니다!"

그 순간 엄마가 오른손으로 구석에 있는 일인석을 가리키며 왼손 검지를 입에 가져다 댔다. 초록이의 시선이 그쪽을 향했고, 설렁탕을 먹고 있는 손님과 눈이 마주쳤다.

"어?"

"어? 우리 학교 교복이네?"

"교감 선생님?"

교감 선생님이라는 소리를 듣자, 서빙하던 엄마도, 주방에서 사골을 우려내던 아빠도 깜짝 놀라 선생님께 인사했다.

"어머 매번 우리 식당에 와주셔서 감사했는데, 초록이 교감 선생님이라니."

"하하, 참 신기한 일이네요! 초록이네 설렁탕에 초록이가 누군지 늘 궁금했는데, 우리 학교 학생이라니, 좋네요!"

교감 선생님이 걸걸하고 큰 목소리를 내며 웃자, 엄마 아빠도 미소를 지었다. 초록이는 그 모습을 바라보다 가게 밖으로 나왔다.

"초록이네 설렁탕!"

초록이는 가게 앞에 서서 가게 이름을 크게 외치며 웃었다. 이 간판을 볼 때마다 '왜 이름을 이렇게 지었을까?' 투덜댔는데, 지금은 초록이네 설렁탕처럼 한서예고도 '초록이네 한서예고'로 만들고 싶다는 생각으로 가득했다.

"크, 초록이네 설렁탕에 이은 초록이네 한서예고! 가즈아. 딱 기다려라. 미술과 일 학년 일 등은 내 꺼다!"

그때까지만 해도 초록이는 알지 못했다. 도저히 뛰어넘기 힘든 존재가 같은 반에 있다는 사실을.

4

드로잉 선생님이 손뼉을 치며 수업을 시작했다.

"자 애들아! 드로잉 수업 시작하자! 오늘은 학교를 생각하면서 자유롭게 색연필로 드로잉 하는 시간을 가져봅시다. 시작!"

선생님의 말씀이 끝나기 무섭게 색연필이 도화지에 닿는 소리가 실습실을 가득 채웠다.

초록이도 학교를 떠올리며 색연필로 밑그림을 그리기 시작했다. 연필로 학교와 운동장 그리고 학교 주변의 풍경을 연하게 스케치했다. 밑그림을 다 그린 다음, 색연필을 꺼냈다. 학교를 원래 색감대로 칠하면 밋밋할 것 같았다. 몇 분 동안 고민한 뒤 모든 색을 이용해 학교를 표현하기로 했다. 학교의 왼쪽부터 오른쪽까지 빨주노초파남보 다채로운 색으로 채워나갔다. 연하게 밑색을 깔고 나서 질감과 명암과 양감이 잘 나타나도록 색연필로 최대한 많은 표현을 했다. 그다음, 배경도 채우기 시작했다. 배경은 네 개의 구역으로 나눴다. 첫 번째 구역은 연두색과 초록색을 섞어서 봄을 표현했고, 두 번째 구역은 하늘색과 파란색을 사용해 여름을 표현했다. 세 번째 구역은 빨간

색과 노란색을 사용해 가을을 표현했고, 네 번째 구역은 흰색과 회색을 사용해 겨울을 표현했다.

초록이는 색연필의 모든 색을 사용해 다채롭고 볼거리가 많은 학교를 그려냈다.

반면 하늘이는 고민하지 않았다. 바로 검은색 색연필을 꺼내서 선을 긋기 시작했다. 손에 힘을 주기도 하고, 힘을 빼기도 하면서 진한 선과 연한 선을 조화롭게 그려나갔다. 쓱쓱 빠르게 그리다 보니 어느새 학교의 모습이 완성되었다. 색연필을 사용한다고 해서 굳이 여러 색을 사용할 필요는 없다고 생각했다. 오직 검은색 색연필로만 학교를 그렸다. 검은색 색연필을 거의 눕히고 힘을 쫙 뺀 다음, 도화지에 연회색으로 밑색을 깔았다. 그다음 지면과 색연필의 각도가 삼십 도 정도 되도록 색연필을 잡고 중간색을 만들어 학교 건물에 부피감을 불어넣었다. 다시 육십 도 정도로 색연필을 잡고 중간색보다 진하게 학교 건물의 질감을 표현했다. 마지막으로 색연필을 세워서 잡은 다음, 학교 건물의 테두리 선에 힘을 주고, 빼고를 반복해서 그림을 다듬었다. 완성이었다. 배경은 그리지 않았다.

하늘이는 색연필의 검은색만을 사용해 심플하고 절제된 느낌의 학교를 표현했다.

드로잉 선생님이 다시 손뼉을 쳤다.

"자, 이제 다들 칠판에 본인이 그린 작품을 붙여봅시다!"

스무 개의 작품이 칠판에 전시되었다. 대부분 학교를 사실적으로 묘사한 작품이었다. 선생님은 빨간 동그라미 스티커를 학생들에게 나눠줬다.

"자, 제일 눈이 가고 마음에 드는 작품에 이 스티커를 붙입시다!"

학생들은 하나둘 칠판 앞으로 다가가 스티커를 붙이기 시작했다. 초록이는 자기 작품에 스티커를 붙이고 싶었지만, 하늘이의 작품이 더 눈길을 끌었다. 하늘이의 작품은 나머지 열아홉 개와는 다른 단 한 개의 작품이었다. 다채로운 색감으로 가득한 다른 작품들과 수준이 달랐다. 결과는 하늘이가 그린 작품의 압승이었다. 스무 개의 스티커 중에 하늘이의 작품이 무려 열아홉 개의 스티커를 받았다. 초록이 역시 한숨을 쉬곤, 하늘이의 작품에 스티커를 붙였던 것이다.

"연하늘, 겁나 부럽네. 근데 내 그림에 스티커 한 개 붙인 사람은 누구야? 고맙네."

초록이는 하늘이의 작품을 바라보며 볼멘소리를 냈다.

백 등 진초록. 학교에 입학했을 때 초록이가 성적표로 받았던 입학 등수는 백 등이었다. 학교에서 치른 첫 시험에서 초록이는 꼴등이었다. 학교에서 제공해 주는 기숙사에 들어가고 장학금을 받으려면 일 학년 일 학기 중간고사, 일 차 실기고사, 일 학기 기말고사, 이 차 실기고사의 총합이 일 학년 전체에서 이십 등 안에 들어야 했다. 초록이는 이십 등 안에 들기 위해 최선을 다했다. 하지만 일 학기 중간고사 성적은 구십 등이었다. 초록이는 그래도 더 열심히 이론을 공부하고, 그림을 그렸다. 중간고사 다음에 치르는 일 차 실기고사 점수까지 합쳐서 오십 등을 했다. 이십 등이 되어서 장학금을 받고 기숙사에 들어가기 위해 초록이는 밤낮 가리지 않고 노력했다. 그 결과, 일 학기 기말고사와 이 차 실기고사를 모두 마친 총합으로 이 등을 하게 되었다. 드디어 이 학기에는 장학금을 받고 기숙사에 들어갈 수 있게 되었다. 꼴등으로 시작한 초록이는 피나는 노력과 불같은 열정으로 차근차근 등수를 올렸다. 하지만 노력만으로 되지 않는 것들이 있었다. 이 학기 중간고사 이 등. 초록이는 중간고사 성적표를 손에 들고 씩씩거리다가 화장실을 가기 위해 자리에서 일어났다.

2등 진초록

화장실에서도 계속 성적표 생각이 멈추지 않았다. 누군가 그런 말을 했다. 금메달, 은메달, 동메달 중에 은메달 받은 선수가 가장 아쉬운 표정이라는 말. 그 말이 지금 초록이에게 딱 맞는 말이었다. 이 등 진초록은 일 등의 이름을 작게 말했다.

"연하늘."

시험을 치면 항상 일 등인 이름. 초록이의 이름이 그 이름 위에 자리 잡길 바랐다. 하지만 매번 일 등을 지키는 연하늘을 이길 수 없었다. 예고 없이 치러지는 실기고사에서도 번번이 하늘이는 일 등의 자리를 지켰다. 아무리 노력해도 초록이는 이 등이었다.

'연하늘, 연하늘, 연하늘. 또 연하늘…….'

속에서부터 화가 끓어오른 초록이는 꼴깍 소리날 정도로 힘주어 침을 삼켰다. 남들보다 일찍 진로를 정한 만큼 예고에서 더 앞서 나가고 싶었다. 하지만 아무리 노력하고 노력해도 도저히 연하늘을 넘어설 수가 없었다. 화장실에서 나와 복도를 걸어서 교실 뒷문을 여니 맨 뒷자리에 엎드려 있는 연하늘이 보였다.

"하……. 또 자고 있어."

하늘이가 자는 모습을 보니 간신히 참은 화가 점점 더 올라왔다. 별 노력도 하지 않는 것 같은데 재능 하나로 자신과 일 등을 다투는 하늘이가 부럽고 못마땅했다.

"쟨 열심히 하는 것 같지도 않은데 맨날 일 등이냐? 짜증 나. 진짜."

후, 깊은 한숨을 내쉬며, 하나의 고무줄로 꽉 묶은 말총머리를 한 하늘이의 뒤통수를 째려보다가 자신의 자리인 맨 앞자리로 향했다.

5

하늘이가 한서예술고등학교에 합격하기 전부터, 언제인지

기억도 잘 나지 않는 어린 시절부터 엄마가 하늘이에게 하던 말이 있다.

"하늘아, 이 학년 때 전공 정하는 거 디자인과로 지원하자. 디자인과가 취업하기도 좋고, 장래가 밝대."

"네."

하늘이는 학교에서 배우는 대부분의 수업이 익숙했다. 학원에서 배운 내용이었다. 이미 알고 있는 내용이라 굳이 앞자리에 앉아서 점수를 얻기 위해 노력할 필요가 없었다. 배운 대로 하거나 배운 것에서 조금만 응용하면 되었기에 시험에서 어려움은 없었다. 그래서 딱히 흥미도 없었다.

'흐음.'

그저 길을 따라가면 되는 것이었다. 한서예술고등학교에서 이 학년이 되면 디자인과에 들어가는 것. 한국대학교 디자인학과에 진학하는 것. 그리고 최종적으로 디자인학과를 나오면 지원할 수 있는 괜찮은 직업을 가지는 것. 결국 그래픽 디자이너, 웹 디자이너, UI/UX 디자이너, 일러스트레이터 등의 다양한 직업군 중에서 하나를 고를 것이다. 그냥 정해진 길을 묵묵히 걸어갈 뿐이었다.

'재미없어.'

평소와 다름없이 지루함이 온통 하늘이의 마음을 뒤덮고 있던 순간, 너무도 무료해서 멍하니 교실 책상에 엎드려 있을 때, 그러니까 생각지도 못한 순간에 누군가의 목소리가 화살이 되어 귀에 탁 하고 꽂혔다.

"또 자고 있어. 걘 열심히 하는 것 같지도 않은데 맨날 일 등이냐? 짜증 나. 진짜."

그 소리를 들은 하늘이는 기분이 나빴지만, 그것도 잠깐뿐 '어쩜 저렇게 망설임 없이 마음에 있는 말을 뱉을 수 있을까?' 하는 생각이 들어 한편으로 부러웠다.

진초록.

학교에서 딱히 관심 가는 일이 없던 하늘이인데, 이상하게 그날 이후로 그 아이가 신경 쓰이기 시작했다. 보다 보니 신기했다. 그림을 잘 그리기 위해 끈질기게 매달리고 붙잡는 모습이 꽤 괜찮아 보였다. 초록이에게 눈길이 가니까 수업 시간에 보이는 그 아이의 작품에도 자연스레 흥미가 생겼다. 작품을 그리는 솜씨가 놀라울 정도로 점점 더 정교해지고 실력이 빠르게 성장했다.

'묘사하는 실력이 엄청 많이 늘었네?'

어딘가 모르게 공허하고 힘없는 하늘이의 작품과는 달라 보였다. 초록이의 작품은 쨍하고 강렬했다. 화려한 색감을 사용하고 꽉 찬 느낌이 들었다. 하늘이의 입에서 자신도 모르는 사이에 작은 목소리가 튀어나왔다. 물론 하늘이 귀에만 들릴 정도로 작은 소리였다.

"조금만, 조금만 힘을 빼면 더 좋아 보일 것 같은데."

삼 차 실기고사, 이 학기 기말고사, 사 차 실기고사를 치르면서 힘겨워하는 초록이를 보며 하늘이는 이상한 기분이 들었다. 처음이었다. 알려주고 싶은 마음, 도와주고 싶은 마음, 누군가에게 말을 걸고 싶은 마음. 하늘이는 익숙하지 않은 이 감정을 서서히 키워나갔다.

늦게까지 실습실에 남아 그림을 그리는 초록이에게 다가가서, 조금만 힘을 빼라고 말해주고 싶었다. 몇 번을 용기 내서 초록이 근처로 가봤지만 말을 걸기는 쉽지 않았다.

"조, 조금만 아, 아니다."

하늘이는 집중하고 있는 초록이의 뒤에서 서성이다 이내 자기 자리로 돌아갔다.

그렇게 일 학년 이 학기에 치르는 시험이 모두 끝났다. 일 등 연하늘, 이 등 진초록이라는 결과는 변하지 않았다. 초록이는 성적표를 확인했고, 어김없이 이 등이라고 적혀 있는 자기 이름을 보며 씩씩거렸다. 하늘이는 책상에 엎드린 채로 그 소리에 귀를 기울였다. 하늘이는 자꾸만 '내가 왜 이러지?' 싶을 정도로 이상하게 초록이와 초록이의 작품에 점점 더 관심이 갔다.

정신없이 치른 두 번의 중간고사와, 두 번의 기말고사, 그리고 네 번의 실기고사가 모두 끝났다. 이제 일 학년이 끝나간다는 신호인 듯, 차가운 바람이 부는 계절이 성큼 다가왔다. 드로잉 선생님이 양손을 비비며 교실로 들어왔다.

"여러분, 일 학년 잘 보냈나요? 자, 이제 겨울방학이 다가왔군요!"

"와!"

학생들이 신나서 너도나도 소리를 질렀다.

"우리 한서예술고등학교 미술과의 일 학년 커리큘럼은 이제부터 시작이라고 해도 과언이 아닙니다! 겨울방학 특별 방과 후 수업이 있답니다."

일 학년의 마무리를 생각한 학생들은 이게 무슨 소리인가 싶어 어수선해졌다. 맨 앞자리에 앉은 초록이도 당황해서 선생님을 의아한 표정으로 바라봤다.

“자, 그리고 하나 더! 한서예술고등학교 미술과의 핵심이자 전통! 교내 미술 전시회도 열리니까, 힘차게 달려봅시다!”

선생님은 마커펜을 들어 별 모양을 그린 다음 하얀 칠판에 글씨를 적었다.

★교내 미술 전시회 주제 “도전: 새로운 시도”

맨 뒷자리에서 엎드린 채 있던 하늘이가 고개를 살짝 들어 칠판을 바라봤다.

“우리 한서예고 미술과의 자랑이 뭔지 아나요? 바로 전시회입니다! 이번 전시회 주제는 도전! 새로운 시도입니다. 겨울방학 동안 준비해서 삼월에 개학하고 일주일 동안 전시회가 열립니다.”

교내 미술 전시회 이야기에 초록이는 설레는 마음을 감추기 힘들었다. 손을 번쩍 들었다.

“어, 초록이 왜?”

"전시회 작품 사이즈나 형식이 알고 싶습니다!"

"없어. 도전! 새로운 시도라는 주제에 맞춰서 만들고 싶은 작품을 만들면 됩니다."

"네!"

"그럼, 한서예술고등학교 일 학년 미술과 겨울방학 파이팅!"

초록이는 자기 작품이 전시회에 걸린다는 생각에 한껏 들떴다.

"진짜 잘해야지!"

자신이 만든 작품을 전시하는 장면을 시뮬레이션 돌리듯 머릿속에 떠올려 봤다. 상상만 해도 벅차고 심장이 터질 것 같았다.

6

한서예술고등학교의 겨울방학은 방학이 아니었다. 수업의 연장이자 겨울 특강에 가까웠다. 월요일은 드로잉 수업, 화요일은 디자인 수업, 수요일은 조소 수업, 목요일은 서양화 수업, 금요일은 동양화 수업이 이어졌다. 수업도 수업이지만 학생들은 전시회를 준비하느라 정신이 없었다. 초록이는 오후 네 시에 수업이 끝나면 실습실로 가서 전시회를 준비했다. 매일 밤늦게까지 고민하고 고민해도 어떤 작품을 만들지 감이 잡히지 않았다.

"도전. 도전. 새로운 시도."

완벽하게 잘하고 싶은 마음이 크면 계획을 세우느라 첫걸음 떼기가 어렵기 마련이다.

"진짜 잘하고 싶은데, 정말 잘하고 싶은데."

어떤 작품을 만들지 고민만 하다가 시간이 훌쩍 지나 있었다. 전시회까지 얼마 남지 않았다. 초록이는 자리에서 일어나 앞에 있는 칠판 쪽으로 향했다.

"마인드맵을 좀 그려볼까?"

마커펜을 손에 꽉 쥐고 칠판에 "교내 미술 전시회 주제_도전 : 새로운 시도"를 적더니 동그라미를 쳤다. 그 동그라미에 가지를 긋고 마인드맵을 적기 시작했다.

꿈, 일러스트레이터, 게임 캐릭터, 전시……. 많은 단어가 칠판을 가득 채웠다. 하지만 마인드맵을 그려봐도 초록이의 생각은 좀처럼 정리되지 않았다.

"아, 안 되겠다. 일단 그리면서 생각해 보자."

자리로 돌아와 도화지를 펼쳤다.

"아오! 어떻게 그림을 그릴수록 맘에 안 드냐? 짱나네. 진짜."

생각나는 것을 스케치하고 채색했지만 그림들이 모두 초록이 성에 차지 않았다.

하늘이는 사실 교내 미술 전시회에 별다른 생각이 없었다. 디자인과에 가야 하니까 대학 입시를 준비할 겸 전시회도 대충 거기에 맞는 그림을 그리면 되겠다고 생각했다. 겨울방학에 진행되는 방과 후 수업을 듣고 실습실로 향했다. 학원이나 집에서도 작품을 그릴 수 있었지만, 그냥 초록이의 뒤를 따라갔다.

'성적에도 안 들어가는데. 대충 그리면 되는 거지.'

하늘이는 학원에서 배운 대로 밑그림을 그리기 시작했다. 더 빨리 그릴 수도 있었지만, 초록이가 뭘 하는지 보고 싶고, 궁금해서 일부러 천천히 채색을 했다. 그런데 갑자기 초록이가 자리에서 일어나 앞에 있는 칠판 쪽으로 향했다.

'엥? 쟤 뭐하지?'

'꿈, 일러스트레이터, 게임 캐릭터, 전시…….' 칠판에 적힌 글씨들이 보였다.

하늘이는 처음에 초록이가 좀 신기했다. 그러다가 어느 순간부터는 이유가 궁금했다. '저 아이는 왜 저렇게 매사에 아등바등 열심히 임하는 걸까?' 초록이는 마치 멈추지 않는 전동 지우개 같았다. 정확히 말하면 전동 지우개에 달린 모터 같았다. 방전되지 않는 배터리를 가진, 늘 쉬지 않고 움직이는 초록이라는 모터의 원동력이 도대체 뭔지 궁금해졌다. 하늘이는 초록이와 자기의 차이가 무엇인지 알고 싶었다.

"아……."

칠판에 적힌 단어를 마주하고 나니 일러스트레이터, 그 단어가 초록이의 원동력이었다는 것을 알게 되었다. 하늘이에겐 없고 초록이에겐 있는 것. 바로 꿈이었다.

"일러스트레이터, 꿈……."

꿈에 대해 생각하며 하던 대로 천천히 채색을 해나갔다.

"꿈이라……."

적당한 색 조합을 맞춰서 칠하고, 눈에 잘 띄게 명암을 넣으며 그림을 그리면 호불호 없이 많은 사람이 좋아할 만한 작품이 만들어졌다. 분명 칭찬을 받을 것이다. 자신이 봐도 잘 그렸으니까. 그런데 뭔가, 어딘가 부족한 것 같았다. 다 채워지지 않는 기분이었다. 사실 이 기분은 하늘이가 그림을 그릴 때마다 느끼던 감정이었다. 그림을 그리는 일이, 작품을 만드는 경험이 좋은지 나쁜지 따져 보면 의심할 여지 없이 좋았다. 그런데 자꾸만 느껴지는 공허한 기분은 뭘까 싶었다. 자신이 그린 작품의 문제점이 뭘까, 고민하던 하늘이의 공허했던 마음속이 갑자기 한 가지 질문으로 채워졌다.

'꿈은 어떻게 가지는 거지?'

하늘이의 두 눈이 흔들렸다. 불안, 조급함, 초조함, 걱정. 하늘이는 처음 느껴 본 감정에 놀랐다.

'뭐지, 이 기분은?'

그 순간 하늘이의 귓가에 깊은 한숨 소리가 들려왔다.

"하아."

어느새 자리로 돌아온 초록이가 도화지를 바라보며 고민에 빠져 있는 듯했다.

하루, 이틀, 사흘. 야속하게 시간은 흘러가는데 이상하게 그리면 그릴수록, 채우면 채울수록 작품이 초록이의 마음에 들지 않았다. 초록이는 실습실에서 가장 늦게 나갔고, 어떤 날은 실습실에서 밤을 새우기도 했다. 하지만 시간이 갈수록 마음에 들지 않는 작품만 쌓여갔다.

"초록아, 안 가?"

"응. 나 좀더 하고 가려고."

"먼저 간다."

밖이 어두워지자, 학생들은 하나둘 실습실을 떠났고, 결국 또 초록이 혼자만 남게 되었다. 초록이는 책상에 머리를 쿵, 쿵, 쿵 부딪쳤다. 양손으로 머리를 헝클어트리며 한숨을 푹 쉬었다.

"아, 진짜 미치겠네."

헝클어진 머리카락들처럼 작품도 헝클어져만 갔다.

그 순간, 초록이의 앞에 그늘이 지더니 책상 위에 무언가 툭 놓이는 소리가 들렸다. 소리가 난 곳으로 시선을 옮겼다. 비타 짱 음료수였다. 그늘을 만든 사람이 누구인지 보려고 고개를 천천히 올렸다. 연하늘이었다.

"야 조금만……. 그림에 힘을 조금만, 살짝만 빼 봐."

처음이었다. 연하늘이 말을 걸어온 건. 연하늘의 얼굴을 가까이서 보니 왠지 기분이 좋지 않았다. 무표정한 얼굴로 갑자기 그림을 지적하는 게 어이가 없었다.

"뭐?"

"그림에 여백을 조금만 줘. 한 발짝 뒤에 서서 그림을 보면 부족한 부분이랑 비워야 할 부분이 보이기도 해."

"넌 재능이 있어서, 천재라서! 노력하는 서러움을 모를 거야. 넌 그냥 살짝만 쓱 그려도 작품이잖아. 아무것도 모르면서."

"그게 아니……."

"난, 너처럼 천재가 아니라서 노력해야 해. 노력하고 또 노력해야 한다고. 부러워 죽겠는데 너 따라가려면 한참 멀었는데, 쉬면서 하라고? 꿈을 이루려면 더 열심히 달려야 하는데!"

"그래도 이거라도 먹으면서……."

"너, 나 동정하냐? 아니면 진짜 나 놀려? 화나게 하지 말고 가라. 안 먹으니까 들고 가라."

초록이는 책상에 놓여 있는 비타짱 음료수를 신경질적으로 하늘이에게 건넸다. 짜증 났다. 항상 그랬다. 최선을 다해 온 힘을 다해 아무리 노력해도, 연하늘은 그 어떤 표정의 변화도 없이 초록이보다 한 걸음 앞서 있었다.

"얄미워 죽겠는데, 이젠 훈수까지 두려고 하네."

음료수를 들고 실습실을 나가는 하늘이의 뒷모습을 노려보던 초록이의 머릿속에는 '아무리 노력해도 타고난 재능을 뛰어넘을 수는 없는 건가?' 하는 생각으로 가득 찼다. 세상이 불공평해도 한참 불공평하다는 생각이 들었다.

"아, 진짜! 왜 이것밖에 안 되는 거야."

자기 작품에 실망한 초록이의 눈앞에 완성된 하늘이의 작품이 보였다. 하나가 아니었다. 엄청 많았다. 하나도 빠짐없이 모두 잘 그렸다. 너무도 잘 그렸다.

"저기서 제일 잘 그린 작품을 골라서 전시하겠지?"

초록이는 화를 참을 수 없어 자신이 그린 그림을 하나둘, 찢기 시작했다. 찢고, 찢고, 또 찢다가 흐르는 눈물을 주체할 수 없었다. 부족한 자신에게 화가 났다. 그렇게 엎드려 한참을 울다가 실습실에서 잠이 들었다.

7

하늘이는 계속 초록이가 궁금했다. 초록이는 자꾸만 하늘이의 머릿속에 물음표를 띄우는 존재였다. 온점으로 가득 채워진 하늘이의 머릿속을 초록이가 복잡하게 만들었다. 하늘이는 오늘도 초록이를 바라봤다.

“으아!”

초록이는 여전히 고민으로 힘들어하는 듯했다. 실습실 창밖의 색이 서서히 주황빛을 띄고, 회색빛을 띠다가, 어두운 남색으로 변해갔다. 창밖의 색이 바뀔 때마다 실습실에서 전시회를 준비하던 학생들은 무리지어 빠져나갔다. 주위의 학생들이 나가든 말든, 초록이는 신경 쓰지 않는 듯했다. 하늘이는 실습실을 나가면서 곁눈질로 초록이를 바라봤다.

‘걘 작품을 언제 만들기 시작할까?’

초록이가 밑그림을 그리기 시작했다. 잠깐 걸음을 멈추고 초록이의 밑그림을 바라보던 하늘이는 ‘조금 여백을 두면 더 좋을 것 같은데’라고 생각했다. 초록이에게 이 말을 할까, 말까 고민하다가 그냥 실습실을 나왔다.

훔쳐보려고 한 건 아닌데, 하늘이는 점점 더 초록이와 그의 작품에 관심이 갔다. 그래서 자기 작품은 다 그렸지만, 실습실에 계속 갔던 것이다. 하루, 이틀, 사흘. 다시 다른 작품을 그리면서 그림을 그리는 초록이의 모습을 흘깃흘깃 쳐다봤다. 열정적으로 최선을 다해 작품을 탄생시키려는 모습이 멋져 보였다. 그런데 오늘은 초록이가 다른 날과 달라 보였다.

하늘이의 눈에 초록이는 너무도 지쳐 보였고, 힘겨워 보였다. 도와주고 싶었다. 말을 걸고 싶었다. 사실 친해지고 싶기도 했다. 하늘이는 매점으로 가서 비타짱 음료수를 샀다.

'어?'

정신을 차려보니 자신도 모르는 사이 캔 두 개를 주문한 모양이다. 하늘이의 양손에 비타짱 음료가 들려있었다. 실습실 앞에서 한참을 서성이다가 용기를 내서 괴로워하는 초록이에게 다가가 음료수를 건넸다.

"조금만…… 그림에 힘을 조금만, 살짝만 빼 봐."

하늘이는 자기도 그림이 잘 그려지지 않을 때 그렇게 했다고 이야기해 주고 싶었다. 그런데 점점 대화가 이상한 방향으로 흘러갔다. 수습하려고 떠오르는 대로 아무 말이나 건네 보았지만, 돌아오는 말은 예상과 달랐다. 더욱 어긋나 버렸다.

"너, 나 동정하냐? 아니면 진짜 나 놀려? 안 먹으니까 들고 가라."

동정하려던 게 아니었는데, 도와주고 싶었는데, 하늘이는 방법을 잘 몰랐다. 서툴렀다. 그리고 섣불렀다. 서투른 말에 더해진 섣부른 위로는 오히려 독이 될 수도 있다는 걸 깨달았다.

'도와주고 싶었는데 오히려 기분만 상하게 했네.'

하늘이는 초록이에게 건넸던 음료수를 다시 받아 들고 급하게 실습실을 나왔다.

초록이가 눈을 뜨니 실습실 창문으로 햇살이 비쳤다. 양손으로 눈을 비비고 뺨을 톡톡 치며 정신을 차리고 실습실에 있는 원형 시계를 쳐다봤다.

'아침 일곱 시네.'

주위를 둘러보니 찢어진 도화지들이 널브러져 있었다. 어제의 일이 떠올랐다.

'아.'

갈기갈기 찢어지고 흩어진 작품을 멍하니 내려다보고 있는데 드르륵, 실습실 문이 열렸다.

"어? 오늘 주말이라 수업도 없는데?"

초록이는 깜짝 놀라 문 쪽을 쳐다봤다.

"교감 샘?"

"어허, 어이구! 너 밤새운 거야?"

"네."

"어이구, 이게 다 뭐야?"

교감 선생님은 초록이가 찢은 작품들을 하나씩 주웠다.

"근데 그림을 왜 죄다 찢었냐?"

"잘하고 싶은데, 진짜 잘하고 싶은데 마음대로 되지 않아서요. 이제 전시회가 얼마 남지 않았는데……."

"아 맞다. 나 아침 어디서 먹고 왔게?"

초록이는 관심 없다는 표정을 지으며 찢어진 작품을 줍고 있는 교감 선생님을 그저 쳐다봤다.

"초록이네 설렁탕에서 먹고 왔다."

"아……."

"가까운 거리도 아닌데 내가 왜 초록이네 설렁탕에 자주 가는지 알아?"

"몰라요."

초록이는 고개를 절레절레 저은 다음 푹 숙였다.

"왜냐하면 휴식하는 기분이 들어. 안락해서 힐링이 되거든. 물론 맛도 일품이고!"

교감 선생님은 찢어진 작품을 모아서 초록이의 책상 위에 올려놨다. 헝클어진 초록이의 머리도 바로 정리해 주었다.

"아유, 허리야. 드디어 다 주웠네! 너무 앞만 보지 말고, 옆도 보고, 뒤도 보고! 집에 가서 설렁탕 먹으면서 좀 쉬기도 하고, 인마!"

교감 선생님은 축 늘어진 초록이의 어깨를 툭툭 쳐주시곤 실습실을 나갔다.

"다시 해보자."

도화지를 펼치자 연필을 쥐고 있는 초록이의 손이 바쁘게 이리저리 움직였다.

"하아."

그림을 한참 그리다 뭔가 아쉬운 듯 멍하니 자리에 앉아 밑그림을 바라보던 초록이가 자리에서 일어났다. 실습실을 나와 버스 정류장으로 가서 버스를 탔다. 터덜터덜 무거운 발걸음으로 향한 곳은 초록이네 설렁탕이었다. 가게 문을 열고 일인석에 털썩 주저앉았다.

"엄마, 배고파요."

"아들, 설렁탕 먹을래?"

"네."

잠시 뒤, 설렁탕과 깍두기가 초록이의 앞에 놓였다. 엄마는 아들 옆에 가까이 섰다.

"힘들지?"

"조금요."

담백한 설렁탕 국물을 마신 뒤 아삭 깍두기를 베어 물었다. 초록이는 가게를 이리저리 둘러봤다. 오랜만에 느껴보는 여유였다.

"그러고 보니 여기 와서 설렁탕 먹는 것도 참 오랜만이네."

"그러게. 기숙사에만 있지 말고 가끔 힘들면 와. 밥 먹고 가. 아들, 때론 쉬는 게 더 힘이 될 수도 있다! 설렁탕밖에 못 해주지만!"

"네, 엄마."

"그래, 우리 아들 파이팅이야!"

초록이는 설렁탕을 먹고 기숙사에 가서 샤워하고 난 후, 다시 작업하러 학교로 향했다. 바람을 좀 쐬어서 그런지 기분이 한결 나아졌다.

'좀 쉬었으니까 이제 다시 달려보자!'

실습실 문을 힘차게 열고 자기 자리로 가던 초록이의 머릿속에 하늘이가 했던 말이 떠올랐다.

"그림에 여백을 조금만 줘."

초록이는 곧바로 자리에 앉으려다 멈춰 서서 그림의 밑그림을 바라봤다.

'아. 연하늘 말이 이거였구나. 스케치가 너무 꽉 차서 답답해 보이네.'

초록이는 하늘이를 넘어야 할 장애물이자, 경쟁자라고만 생각했다.

'연하늘. 진짜 도와주려고 했던 걸까?'

초록이는 하늘이에게 무작정 화낸 일이 후회되었다. 경쟁자이기도 하지만 같은 반 친구라는 생각이 이제야 들었다.

'다음에 만나면 사과해야겠다.'

주말이 지나고 월요일부터 다시 방과 후 수업이 시작되었다. 이제 개학이 딱 일주일 남았다. 초록이는 드로잉 수업을 들으러 가기 위해 계단을 오르며 혼잣말했다.

"미술 전시회가 일주일 남았네."

초록이가 교실 문을 연 순간, 뒷자리에 앉아 있는 하늘이와 눈이 마주쳤다. 하늘이는 잠깐 멈칫하더니 시선을 다른 곳으로 옮겼다.

'아, 사과해야 하는데…….'

수업 시간 내내 언제 사과할지 고민하다가 어느덧 수업이 끝날 시간인 네 시가 되었다.

'수업 마치면 꼭 사과해야겠다.'

초록이는 수업이 끝나자, 하늘이가 있는 뒷자리를 향해 고개를 돌렸다.

8

초록이와 눈이 마주치자, 하늘이는 깜짝 놀라 가방을 메고 교실을 나가려고 했다.

"야, 잠깐만. 연하늘!"

"어?"

"너 실습실에서 전시회 작품 안 만드냐?"

"어?"

하늘이가 당황한 표정을 지었고, 초록이는 손을 휘휘 저었다.

"미안하다. 내가 말이 넘 심했다. 사과의 의미로 음료수 쏘려고 하는데 매점 같이 갈래?"

하늘이는 초록이를 빤히 바라봤다.

"싫으면 안 가도 돼."

"아, 아니야. 매점 가자."

둘은 매점을 향해 한 걸음, 두 걸음 걸었다. 어색한 침묵이 흐르다가 초록이가 먼저 입을 열었다.

"야, 연하늘. 그때 니가 나 생각해서 말해준 걸 텐데. 내가 예민했다."

"아니야. 내가 괜한 말을 했지, 뭐……."

"잠깐만 음료수 좀 사 올게. 앉아 있어."

매점에 도착한 초록이는 비타짱 음료수 두 캔을 사서 하늘이가 앉아 있는 의자 쪽으로 걸어왔다.

"네가 너무 부러워서 그랬어. 넌 천재니까."

초록이는 비타짱 음료수 한 캔을 하늘이에게 건넸다. 초록이가 건넨 비타짱을 받고 만지작거리던 하늘이가 입을 열었다.

"야! 나 할 말 있어."

"뭔데?"

"사실 부러워."

"뭐가 부러운데?"

"네가 부럽다고."

"천하의 연하늘이 나를 왜?"

하늘이는 초록이에게 받은 음료수를 한 모금 마시고 말을 이어갔다.

"넌 내가 가지지 못한 걸 가지고 있거든. 넌 꿈이 있잖아. 그리고 네 작품은 꽉 차 있고 강렬해. 색감도 풍부하고. 노력하는 건 엄청난 재능이야. 난 너의 열정을 닮고 싶어. 정말 부러워. 진심이야."

"진짜?"

"그리고 나 천재 아니야."

"엥? 또 짜증 나는 소리 하네?"

초록이도 비타짱 음료수의 캔 뚜껑을 따서 입을 대고 마셨다.

"학원에서 다 어릴 때부터 배운 거야. 아, 그리고 나 너한테 궁금한 거 있어."

"뭔데?"

초록이는 모든 걸 다 알고 있을 것만 같은 하늘이에게도 궁금한 게 있다는 사실이 신기했다. 하늘이는 머뭇거리다가 입을 열었다.

"꿈은 어떻게 정한 거야?"

"꿈?"

"응. 넌 꿈이 있잖아. 일러스트레이터! 그게 멋져 보였어. 난 없거든, 꿈."

"음, 꿈이라. 좋아하는 거, 하고 싶은 거, 즐거운 거. 그런 걸 생각해 봐!"

"좋아하는 거? 난 그런 게 없어."

초록이는 고개를 갸우뚱거렸다. 사실 초록이는 지피지기면 백전백승이라는 말을 가슴에 새기며 경쟁자를 잘 알기 위해 그동안 하늘이를 관찰했다. 항상 무표정인 하늘이가 유일하게 웃는 수업이 있었다.

"너 수업 시간에 흘깃 봤더니 동양화 수업할 때 웃던데? 나는 너 동양화 좋아하나 보다 했어. 맨날 로봇같이 표정이 없는 애가 동양화 수업하면서 그림 그릴 때는 표정이 묘하게 바뀌잖아."

"아, 내가 그랬나? 그건 아마도 안 배운 거라서 그럴 거야. 학원에서 동양화는 안 배우거든."

"학원에서 안 배우는 것도 있어?"

"응. 필요 없으니까."

"필요 없다니?"

"난 디자인과에 가야 하니까."

"참나, 역시 재수 없어."

초록이는 어이없다는 표정을 지으며 하늘이를 힐끗 쳐다봤다.

"암튼 잘 생각해 봐. 동양화 할 때 너 행복해 보였어."

하늘이는 동양화에 대해 생각해 봤다. 돌이켜보니 동양화 수업을 들을 때는 다른 수업과 조금 달랐다. 배우지 않은 영역이라 그런 줄 알고, 그 다른 기분을 대수롭지 않게 넘겼다. 자신도 모르게 지나쳤던 수많은 마음을 되새김질해 보았다.

천천히 정성을 다해 먹을 갈아 붓에 살포시 묻히고 화선지에 선을 긋던 순간, 물의 양과 먹의 양을 조절하며 담묵과 중묵, 농묵으로 표현하여 과하지 않고 부드럽게 그러데이션을 하던 순간을 떠올렸다. 그 모든 순간이 여느 수업과 달랐다.

"그러네. 다르긴 했네."

"생각하니까 좋냐?"

초록이가 하늘이에게 물었다.

"아니?"

"아니긴 웃고 있으면서."

"어?"

하늘이는 자신도 모르는 사이 미소를 짓고 있었다.

"어? 나 동양화 좋아하나?"

"그래! 좋아하는 게 없을 수가 없다니까!"

미소를 짓던 하늘이의 표정이 갑자기 달콤한 꿈에서 깬 듯 급하게 굳어졌다.

"근데 나 동양화 하면 안 돼."

"엥? 왜?"

"난 디자인과에 가야 하니까."

"어째서?"

"엄마가 계획을 세워놨어. 대학까지. 한서예술고등학교 디자인과를 나오고, 한국대학교 디자인과에 지원하는 걸로. 정해진 길을 따라가야 해."

"으에? 정해진 길? 그런 게 어디 있어? 한 번밖에 없는 네 인생인데?"

"왜냐하면 그러기로 했으니까……."

"그런 게 어디 있냐? 잘 생각해 봐! 나도 뭘 잘 모르지만, 그거 하나는 안다. 꿈을 꾸려면 네가 하고 싶은 걸 생각해야 한다는 거."

하늘이는 깊은 생각에 잠긴 듯 가만히 있다가 천천히 고개를 끄덕였다.

잠시 후, 하늘이가 초록이를 보며 물었다.

"근데 너 전시회 준비는 잘 돼?"

"음, 그게 좀 마음에 안 들어."

"좀 걸을까?"

"그래."

둘은 밖으로 나와 학교의 풍경을 보았다. 어느덧 차갑고 시린 겨울이 지나가고, 새싹이 돋아나는 삼월의 봄이 다가오고 있었다. 초록이랑 하늘이는 학교가 잘 보이는 의자에 자리를 잡았다.

"야, 연하늘. 너 이 학년 때 전공 선택 뭐 할 거냐?"

"넌?"

"난 당연히 디자인과지! 넌 전공 선택 뭐 할 거냐니까?"

하늘이는 학교의 풍경을 바라봤다. 하늘이는 해보고 싶어졌다. 도전이라는 것을, 새로운 시도라는 것을. 하늘이는 가지고 싶어졌다. 좋아하는 것을, 꿈이라는 것을. 하늘이는 결심한 듯 갑자기 머리를 풀고 나서 입을 열었다.

"난 동양화과!"

"그래, 너의 선택을 존중한다. 근데 갑자기 머리는 왜 풀었어?"

"묶은 거보다 푼 게 더 좋아서!"

"뭐, 그래!"

하늘이는 초록이가 준 음료수를 한 모금 마셨다. 하늘이의 풀린 머리카락이 찰랑거렸다. 초록이도 음료수를 벌컥벌컥 마셨다. 은은한 파스텔 느낌의 하늘색과 짙은 원색의 초록 잔디색이 어우러져 학교의 풍경이 한층 더 조화롭고 아름다웠다.

"그럼, 이제 전시회 준비하러 가볼까?"

학교 실습실로 들어가기 전에 초록이는 하늘이에게 궁금한 점이 하나 생겼다.

"어? 연하늘. 근데 너 내 꿈 어떻게 알았냐?"

"실습실에서 칠판에 마인드맵 쓰는 거 봤어."

"야! 너, 나한테 관심 많았구나?"

하늘이는 입술을 깨물며 부끄러운 듯이 나지막하게 말했다.

"응, 친해지고 싶었어."

"그래? 그럼 친하게 지내자! 우리 이 학년 때도 잘해보자. 뭐 힘든 거 있음 말하고!"

"너도! 아, 그리고 그 드로잉 수업 때, 빨간 스티커 나는 너한테 줬어. 네 그림이 부러웠거든."

"엥? 뭐? 그 한 표가 너였다고?"

"응."

초록이와 하늘이는 다시 학교 안으로 들어왔다. 일 층과 연결된 계단을 지나 이 층에 도착해서 실습실로 향했다. 둘은 미술 전시회 준비를 위해 실습실로 들어갔고, 마주 보는 자리에 앉았다.

초록이는 하늘이를, 하늘이는 초록이를 바라봤다. 경쟁자이자 친구가 된 둘은 서로를 바라보며 환하게 웃고는 말없이 고개를 끄덕였다. 그러고는 도화지에 각자의 새로운 도전을 그려나가기 시작했다.

4

창작의 신

정명섭

"너, 창작의 신이라고 들어봤어?"

떠들썩한 학교 복도의 소음을 뚫고 들려오는 남준혁의 물음에 책을 읽으며 걷던 한정수가 발걸음을 멈췄다. 렌즈를 두 번이나 압축했지만 여전히 무거운 안경을 코끝에서 끌어올리며 말했다.

"그런 신이 있을 리가 없잖아."

"왜?"

책을 덮은 한정수가 두 손으로 기도하는 시늉을 하면서 대꾸했다.

"만약 있다면 나같이 불쌍한 고딩을 돌봐주지 않았겠어?"

한정수의 대답을 들은 남준혁이 어처구니없다는 표정으로 쏘아봤다. 안경을 쓴 보통 체구의 한정수와 달리 남준혁은 입고 있는 교복이 짧아 보일 정도로 키가 컸다. 친구들이 수세미 같다고 애기할 정도의 곱슬머리에 몸매는 말랐다.

"왜 너만 불쌍한데? 우리 한서예고 문예반 전체가 불쌍한 처지잖아."

남준혁의 애기를 들은 한정수가 한숨을 푹 내쉬면서 노란색 넥타이를 살짝 느슨하게 했다. 회색 바지에 남색의 상의는 그렇다 치더라도 노란색 넥타이는 너무 눈에 띄고 창피했다. 그래서 어떻게든 빼고 싶지만, 학교에서 그랬다가는 벌점을 받을 수 있어서 꾹 참고 매고 다녀야만 했다.

"그러게. 다들 잘나가는데 우리만 엉망이잖아."

둘이 방금 지나친 연습실에서는 뮤지컬학과 학생들의 노랫소리가 우렁차게 들려왔다. 한서예고는 다양한 예술을 배우는 학생들이 오는 곳이라 고요함과는 거리가 멀었다. 다들 열정을 가지고 배우며 선생님들도 열심히 가르치고 있어서 학교는 늘 활기로 가득 찼다. 침체 상태인 문예반만 빼고 말이다. 작게 한숨을 내쉰 한정수가 물었다.

"창작의 신은 뭔데?"

"그게 말이야."

남준혁이 막 애기하려는 순간, 갑자기 누군가 앞에 확 나타

났다.

“청년들이여! 어깨가 왜 그리 축 늘어져 있는가?”

한정수는 깜짝 놀라서 하마터면 책을 떨어뜨릴 뻔했다. 남준혁은 한두 번 겪은 일이 아니라서 별로 놀라지 않았다.

“교감 선생님. 청년이 아니라 청소년이라고요.”

하지만 교감 선생님은 개의치 않고 껄껄거렸다.

“청소년이 곧 청년이고 청년이 곧 청소년이지. 안 그런가?”

마치 성악을 하는 것 같은 말투로 얘기한 교감 선생님이 뱃살을 출렁거리며 웃었다. ‘텐션’이 엄청 높고 학교의 모든 일에 관심이 많은 교감 선생님은 교감실보다는 복도와 학교 곳곳에서 마주치는 일이 더 많았다. 권위의식 같은 게 없어서인지 지금처럼 장난기 섞인 대화도 주고받을 수 있다. 교감 선생님이 두 학생 주변을 빙빙 돌면서 말했다.

“청년들이여. 어떤 고민이 자네들의 어깨를 무겁게 하는 것인가?”

남준혁이 헝클어진 머리를 한 손으로 쓸어 넘기면서 대답했다.

“문예반의 침체된 분위기를 끌어올릴 좋은 방법을 찾고 있습니다.”

"아하! 문예반은 항상 조용했지. 시끄러웠던 적이 없었어."

잠깐 멈칫하던 교감 선생님이 뭔가 생각났다는 듯 손가락을 하늘로 치켜올렸다.

"아니야! 한 번 있었지. 한서예고 최초로 신춘문예에 당선된…… 누구더라?"

생각에 잠긴 교감 선생님을 본 한정수가 남준혁의 옆구리를 쿡 찌르고는 얼른 가자는 눈짓을 보냈다. 여전히 기억 속을 더듬고 있는 교감 선생님에게 남준혁이 큰 소리로 말했다.

"저희는 '작가와의 만남'이 있어서요. 가보겠습니다."

둘은 교감 선생님을 지나쳐서 복도를 바쁘게 걸어갔다. 이층 끝에 있는 시청각실에서 '작가와의 만남'이 있기 때문이다. 시청각실 바로 앞에 있는 실습실에서 미술과의 초록이와 하늘이가 나오고 있었다. 올 초, 교내 미술 전시회에서 엄청난 작품을 전시해 칭찬받았는데, 그 이후에는 둘이 자주 붙어 다녔다. 까르르 웃는 둘에게 손을 흔들어서 아는 척하던 한정수가 시청각실 문을 열었다.

"늦진 않았겠지?"

국어 선생님이 자기 선배이자 유명한 소설가를 부른다고 했을 때 둘은 깜짝 놀랐다. TV에서나 볼 수 있는 유명한 작가이기 때문이다. 긴가민가했는데 학교 벽에 포스터가 붙고, 작가에게 물어볼 질문을 받는다는 내용이 '패들릿'에 뜨는 걸 보고 진짜라는 걸 알았다. 서른 명만 신청받는다고 해서 둘은 얼른 신청하고, 사인받을 책도 따로 구했다. 국어 선생님이 선배는 시간을 안 지키는 사람을 진짜 싫어해서 늦으면 시청각실 문을 닫아버린다고 해서 둘은 더 바쁘게 움직인 것이다. 강연 시작 시간에 아슬아슬하게 도착했다. 둘을 본 국어 선생님이 씩 웃었다.

"안 오는 줄 알았다."

남준혁처럼 곱슬머리인 국어 선생님은 삼십 대 후반이다. 한때 작가 지망생으로 한서예고 문예반에 들어왔지만, 오늘 강연하러 오는 선배를 보고 충격에 빠져서 자퇴했다고 한다. 선생님은 그 뒤 다시 수능을 보고 사범대에 들어갔다고 말했다. 거짓말인 줄 알았는데 MT 때 같이 찍은 사진이랑 둘이 나눈 카톡 내용까지 보여줬다. 남준혁과 한정수가 서둘러 신청자 확인 명단에 사인을 하자 국어 선생님이 말했다.

"너희들을 위해서 제일 앞자리를 비워 놨다. 얼른 가."

"고맙습니다."

나란히 대답한 둘은 시청각실 앞쪽으로 갔다. 백 명 정도 들어갈 수 있는 시청각실이지만, 학생들은 앞쪽에 몰려있었다. 앉을 자리를 대충 살펴본 한정수가 투덜거렸다.

"절반은 다른 과네. 역시 유명해지고 볼 일이야."

"그만 떠들고 앞으로 가자. 딴 애들이 앉을 수 있잖아."

둘은 웅성대는 아이들 사이를 뚫고 앞자리로 갔다. 접이식 의자에 앉아서 숨을 돌린 한정수는 무대를 바라봤다. 빔프로젝터 스크린이 내려와 있고, 거기에는 '구남훈 작가 초청 강연회'라는 글씨와 대표작의 표지 이미지가 있었다. 하나씩 보고 있는데 갑자기 무대에서 굵은 목소리가 들렸다.

"인생은 선불리 시험 대상으로 삼는 게 아니야."

구남훈 작가가 이쪽을 바라보고 있는 게 보였다. 둘이 놀란 토끼 눈을 하고 바라보자, 구남훈 작가는 TV에서 본 것처럼 씩 웃었다. 옆에 올라온 국어 선생님이 깜짝 놀란 채 굳어 있는 둘을 가볍게 노려보고는 마이크를 잡았다. 한정수는 자세를 고쳐 앉았다.

"지금부터 '작가와의 만남'을 진행하도록 하겠습니다. 구남훈 작가는 지난…….”

구남훈 작가가 갑자기 국어 선생님의 마이크를 빼앗았다.

“사실 저는 작가가 될 생각이 없었습니다. 아니, 엄두를 내지 못했죠. 왜냐하면 저는 정말 글을 제대로 쓰지 못했거든요.”

뜻밖의 얘기에 한정수의 눈썹은 저절로 들썩거렸다.

“말도 안 돼.”

그는 한서예고 문예반이 낳은 최고의 스타였다. 재학 중 신춘문예에 당선되면서 화려하게 등단했고, 이후에 장르를 넘나들면서 다양한 작품들을 썼다. 내는 책마다 최소 몇만 부씩은 팔렸다. 얼마 전에는 그의 작품을 원작으로 하는 드라마가 넷플릭스에서 큰 인기를 끌었다. 기존의 문단 작가와는 다른 독특하고 신선한 행보 덕분에 비난하는 사람이 없진 않았지만, 작품이 모두 재미있고 독특해서 큰 인기를 끌었다. 그런데 자신은 재능이 없었다는 얘기를 하다니, 어처구니가 없었다. 한정수의 이런 속마음을 꿰뚫어 보기라도 한 걸까? 구남훈의 말이 이어졌다.

“그런데 제가 어떻게 이 자리에 올라올 수 있었을까요? 그건 바로.”

말을 멈추고 옆에 있는 테이블에서 생수병을 들어 뚜껑을 열고 한 모금 마셨다. 가볍게 트림까지 한 뒤 입을 열었다.

"창작의 신을 만났기 때문이죠. 어디서 만났는지 궁금하죠? 옛날 도서관에서였어요."

옛날 도서관은 구관에 있는 이전 도서관이었다. 몇 년 전에 신관이 새로 지어져서 학생들은 주로 그곳을 이용하지만, 보관 중인 책들이 워낙 많아서 옛날 도서관 역시 책 창고로 이용되고 있었다. 오래된 책들은 그곳에 있으니 학생들도 종종 가서 빌리기도 했다. 그런 곳에서 창작의 신을 만났다고? 정말 엉뚱하고 '구남훈답다'고 생각하면서 한정수는 이야기에 귀를 기울였다. 구남훈은 신이 났는지 빠른 속도로 말했다.

"그때는 그냥 도서관이었어요. 저는 그곳에서 가장 늦게까지 있는 학생이었죠. 쓰는 것보다는 읽는 게 더 좋았던 시절이라서요. 어느 날, 책을 읽다 깜빡 잠이 들었습니다. 구석에 있는 가짜 나무 뒤편에서요. 그러다 눈을 떴더니 불이 꺼져 있는 겁니다."

듣고 있던 학생들이 술렁거렸다. 농담인 줄 알았는데 실제인 것 같았기 때문이다.

"어떻게 나가지? 하고 있는데, 서가 쪽에서 하얀빛이 흘러나왔어요. 그래서 그쪽으로 갔는데."

구남훈은 마치 괴물이라도 본 것처럼 마른침을 꿀꺽 삼켰다. 그리고 눈을 커다랗게 뜬 채 이야기를 이어갔다.

"어떤 할아버지가 책을 읽고 있었어요. 처음에는 경비 아저씨인가 싶었는데, 흰 수염이 나있고 옆구리에는 지팡이를 끼고 있었죠. 너무 놀라서 지켜보다가 나도 모르게 딸꾹질했더니 이쪽을 쓱 쳐다보면서."

마치 〈오징어 게임〉의 영희처럼 고개를 돌린 구남훈이 눈을 더 커다랗게 뜨면서 덧붙였다.

"어서 오너라. 나는 창작의 신이다."

갑자기 오싹한 기운을 느낀 한정수는 저도 모르게 비명을 질렀다. 그걸 본 구남훈이 옆에 앉아 있던 국어 선생님에게 말했다.

"어때, 놀라서 비명 지른다고 했지?"

"알겠으니까. 이제 장난 그만하고 좋은 말씀 좀 해주세요."

"알았어. 오랜만에 장난치니까 재미있네."

웃음을 멈춘 구남훈이 다리를 꼰 채 한정수와 남준혁을 바라봤다. 그리고 여전히 숨을 헐떡거리는 한정수에게 말했다.

"놀라게 해서 미안. 있다가 사인해 줄게."

마이크를 고쳐잡은 구남훈이 미안하다고 사과하는 동안 뒤에서 빔프로젝터 화면이 바뀌었다. 화면에 나온 것은 영어 단어였다. 어린 시절 미국에서 잠깐 살았다는 남준혁이 중얼거렸다.

"For sale: baby shoes, never worn."

"무슨 뜻이야?"

한정수의 물음에 남준혁이 대답했다.

"한 번도 사용하지 않은 아기 신발 팝니다."

"그게 무슨 뜻인데?"

"아기 신발을 한 번도 안 썼다는 얘기가 무슨 뜻이겠냐?"

남준혁의 핀잔에 한정수는 잠깐 생각하다가 입을 열었다.

"아! 신발을 신을 아기가 죽었다는 얘기네."

둘이 얘기를 주고받는 사이에 구남훈이 설명하기 시작했다.

"여기 있는 문장은 미국의 유명한 소설가 어니스트 헤밍웨이가 지은 것입니다. 친구들과 여섯 단어로 사람들을 울릴 수 있는가 하는 내기를 하면서 지어낸 도시 전설입니다. 도시 전설."

'도시 전설'이라는 얘기를 힘주어 강조한 구남훈이 화면을 넘겼다. 덥수룩한 수염에 시가를 입에 문 어니스트 헤밍웨이의 이미지가 여러 개 나왔다.

"실제로 헤밍웨이가 이런 내기를 하고 글을 썼다는 증거는 없습니다."

구남훈은 이 말을 하면서 손으로 머리가 폭발하는 시늉을 했다. 몇몇 학생들이 키득거리는 가운데 설명이 이어졌다.

"최근 문학이 주춤거리고 있다고 합니다. 사실, 세상에는 재미난 게 얼마나 많습니까? 넷플릭스나 게임이 책보다 훨씬 재미가 있지 않습니까?"

구남훈의 물음에 학생들이 큰 소리로 "예"라고 대답했다. 구남훈은 그럴 줄 알았다는 듯 씩 웃었다.

"그래서 문학은 더욱더 재미있어져야 합니다. 넷플릭스와 게임보다 말이죠. 어떻게 그럴 수 있을까요? 상황은 절망적이지만 몇 가지 희망이 있습니다. 자! 첫 번째 희망."

갑자기 옆에 있는 화이트보드 쪽으로 걸어간 구남훈이 마커펜을 들고 글씨를 크게 적었다. 그가 설명을 시작하는 걸 보면서 한정수는 고민에 빠졌다. 창작의 신을 만나고 싶을 정도로 요즘 글이 안 써지기 때문이다. 슬럼프에 빠진 것인데, 냉정히 생각하면 그것도 웃긴 일이다.

'뭘 보여준 게 있어야 슬럼프라고 하지.'

며칠을 생각해서 얻은 결론은 왜 글을 써야 하는지 스스로 납득하지 못했다는 것이었다. 그 이유가 너무나 컸다. 초등학교 시절 학교 대표로 출전한 백일장에서 연거푸 좋은 성적을 거두고, 중학교 때 방과 후 수업에서 작가의 강연을 듣고 쓴 글이 칭찬받으면서 자연스럽게 작가를 꿈꾸게 되었다. 그래서 어렵게 한서예고에 들어왔는데 그만 길을 잃고 만 것이다. 한정수가 고민하는 와중에도 구남훈은 로그라인과 캐릭터가 중요하다는 식의 얘기를 하고 있었다. 하지만 한정수의 귀에는 잘 들어오지 않았다.

가장 큰 문제는 한서예고에 들어와 보니 글을 잘 쓰는 사람들이 너무나 많다는 것이었다. 문예반을 맡은 선생님부터 멍해 보이는 남준혁까지, 그들이 쓴 글을 읽어 보면 입이 다물어지지 않을 정도로 잘 썼다. 그런데 당사자들은 자신이 그렇게 잘 쓴다고 생각하지 않는 듯했다. 한정수가 보기에 엄청나게 잘 쓴 것 같은데 말이다. 거기서 온 '멘붕'이 좀처럼 회복되지 않았다. 또 다른 문제는 글쓰기 실력이 좀처럼 늘지 않는다는 것이다. 다른 과목은 교과서와 참고서를 보고 열심히 하면 최소한 눈곱만큼이라도 실력이 늘었다. 하지만 글쓰기는 아무리 써도 실력이 느는 것 같지 않았다. 심지어 글쓰기를 별로 하지 않는 것 같은 친구들이 오히려 좋은 글을 쓰기 시작했다. 맨날 놀기만 하는 남준혁 역시 과제로 써온 글을 읽어 보면 잠이 확 깰 정도였다. 불안감과 초조함이 겹치면서 글이 점점 싫고 무서워졌다.

일반고나 특목고로 가라는 부모님의 반대를 무릅쓰고 이곳에 왔는데, 정작 한 발짝도 나아가지 못한 것이다. 더군다나 이런 불안감을 누구에게도 드러낼 수 없는 상황이라 오늘 구남훈 작가와의 만남을 통해 돌파구를 마련하고 싶은 마음이 굴뚝 같았다. 어느 정도 생각을 정리한 한정수의 귀에 구남훈 작가의 목소리가 들려왔다.

"캐릭터 하나는 잘 나가는 열 편의 장편소설보다 더 중요합니다. 왜냐하면 사람들이 기억하니까요. 그러면 우리가 흥미진진한 캐릭터를 만들기 위해서는 어떻게 해야 할까요? 히스토리, 그러니까 사연을 넣어야 합니다."

얘기를 잠시 중단한 구남훈은 다시 마커펜을 들고 화이트보드에 글씨를 썼다.

"연쇄 살인마."

그리고 그 아래 전혀 관련이 없을 것 같은 단어를 적었다.

"피를 무서워하는."

한정수는 고개를 갸웃거렸다.

'매치가 안 되는데?'

의문스러워하는 한정수를 힐끔 본 구남훈이 마커펜을 내려놓으며 말했다.

"자, 여기 연쇄 살인마가 있습니다. 사람을 죽이고 또 죽이는데 항상 피를 보지는 않아요. 그러니까 현장에 시신은 있는데 피는 없는 거죠."

"그게 가능합니까?"

한 학생이 물었다.

"냉동실에서 얼어 죽거나 목이 졸려서 죽으면 피가 안 날 수 있어요. 물에 빠져 죽어도 피가 안 나오죠."

구남훈은 말을 속사포처럼 쏟아내며 이야기를 이어갔다. 하지만 한정수는 다시 생각에 잠겼다.

‘어떻게 하면 글을 잘 쓸 수 있을까?’

아무리 생각해도 해답이 떠오르지 않았다. 사실 얼마 전에 남준혁이 했던 말이 계속 귓가를 맴돌고 있었다.

“글을 잘 써서 뭘 할 수 있지?”

당연히 책을 내고 작가가 되는 것을 꿈꿔왔던 한정수로서는 그걸 대수롭지 않게 생각하는 남준혁의 물음에 충격을 받을 수밖에 없었다. 작가가 되려고 문예반에 들어온 것 아니냐고 물었더니 남준혁은 그냥 글이 좋아서 들어온 것뿐이라고 대답했다. 한정수는 마치 하나의 세계가 무너진 듯한 느낌이었지만 차마 반박은 하지 못했다. 그렇게 글에 대한 고민이 길어지면서 슬럼프로 이어졌고, 애써 들어온 한서예고의 생활이 행복하지 않았다. 고민이 깊어진 한정수는 손에 턱을 괸 채 강연을 들었다. 구남훈은 마치 신들린 것처럼 이야기를 뱉어냈고, 학생들에게 엄청난 호응을 얻었다. 마음이 복잡한 한정수조차 솔깃할 만큼 흥미로운 얘기들이 많았다. 그렇게 한 시간 반 동안의 강연이 끝나자, 큰 박수가 쏟아졌다. 앞자리에 앉아 있던 한정수도 열심히 손뼉 쳤고, 심드렁하게 듣던 남준혁 역시 박수를 보냈다. 국어 선생님이 서둘러 마이크를 잡았다.

"자, 공지한 대로 책을 가져온 학생들에게 사인해 주는 시간을 갖도록 하겠습니다. 한꺼번에 나오면 넘어지거나 책상에 부딪힐 수 있으니까 차례차례 한 명씩 나오세요."

책을 챙긴 학생들이 한 명씩 앞으로 나가는데, 한정수는 그대로 앉아 있었다. 그걸 본 남준혁이 의외라는 표정으로 한정수에게 말했다.

"총알처럼 튀어 나갈 줄 알았는데?"

"원래 진정한 팬은 기다릴 줄 아는 법이야."

나름 멋지게 대답한 한정수가 천천히 일어났다. 사인을 받기 위해 길게 줄을 선 아이들을 지나쳐서 나가려는데 국어 선생님이 불러세웠다.

"야! 한정수."

"네, 선생님."

"구 작가가 기다리래. 사인해 준다고."

"귀찮은데."

한정수가 시크하게 대답하자 국어 선생님이 어이가 없다는 표정으로 웃었다.

"아까는 덕질하는 사생팬처럼 보이던데? 내가 너희들 얘기하니까 하고 싶은 말이 있다고 하셨어."

"그렇게까지 신경 써주시면 어쩔 수 없죠. 기다릴게요."

한정수의 대답을 옆에서 들은 남준혁이 혀를 찼다.

"아이고, 완전 허세덩어리네."

"문학이야. 허세가 아니라."

흘러내린 안경을 손끝으로 끌어올린 한정수는 시청각실의 문 옆에 서서 기다렸다.

학생들에게 사인을 다 해준 구남훈은 국어 선생님과 함께 한정수와 남준혁에게 다가왔다. 구남훈이 과장되게 웃으며 한정수의 어깨에 손을 올렸다.

"우리 카페 가서 차나 한잔할까? 후배."

신관 사 층에는 새로 만든 '한서 카페'가 있다. 바리스타를 꿈꾸는 학생들을 교육하기 위한 곳으로 돈 대신 쿠폰을 주고 커피와 음료를 마실 수 있는 곳이다. 미닫이 유리문을 열고 들어간 국어 선생님이 앞치마를 입은 학생에게 쿠폰을 보여주면서 커피와 에이드를 주문했다. 창가 자리에 앉은 구남훈이 의자에 몸을 기댄 채 창밖을 바라봤다.

"우와! 우리 때는 여기가 실용음악실이었는데. 저쪽에 방음 부스가 있고, 여기 창가 쪽에는 드럼이 세팅되어 있었어. 그래서 점심시간에 몰래 들어와 스틱으로 뚱땅거리다가 음악 선생님에게 걸려 혼나곤 했는데 말이야. 대체 언제 바뀐 거야?"

옆에 앉은 국어 선생님이 대답했다.

"제가 발령받은 해에 공사하고 있었어요. 그러니까 사 년 전쯤이네요. 실용음악실은 아래층으로 내려갔어요. 전체 방음 공사를 해놔서 이제는 밖으로 소리가 새 나가지 않아요."

"잘됐네. 카페는 역시 풍경이 좋아야지."

앞치마를 두른 학생이 국어 선생님에게 주문받은 음료를 가지고 왔다. 아이스커피 두 잔은 선생님들 몫이고, 복숭아 아이스티는 한정수와 남준혁의 것이었다. 음료를 한 모금 마신 구남훈이 입을 열었다.

"지훈이 말로는 너희들이 문예반 중에서 가장 열심히 글을 쓴다며?"

"가장 잘 쓰기도 합니다."

한정수의 말에 구남훈이 낄낄거렸다.

"그래, 작가는 자신감이 있어야지. 그게 없으면 힘든 작가 생활을 이겨내지 못해."

한정수를 슬쩍 노려본 국어 선생님이 한숨을 쉬었다.

"요즘 애들은 진짜 감당이 안 돼요. 선배."

"우리 때는 뭐 다를 게 있었냐? 기억 안 나? 그때 국어 선생님이 뭐라고 했는지?"

"알죠, 너희들이 만약 작가가 되면 내 손에 장을 지진다고 했잖아요."

"그래. 그해에 내가 신춘문예에 당선되었잖아. 학교에 신문사 기자가 인터뷰하러 왔을 때 국어 선생님이 조마조마한 표정으로 지켜보던 게 기억나네."

그 후로 한참을 낄낄거린 구남훈이 한정수와 남준혁을 바라봤다.

"너희들은 왜 작가가 되고 싶은데?"

한정수가 먼저 대답했다.

"가슴속에 담은 이야기를 풀어내고 싶어서요."

남준혁은 어깨를 으쓱거리면서 대답했다.

"애하고 놀려면 글을 써야 해서요."

둘의 얘기를 들은 구남훈은 팔짱을 낀 채 잠시 생각하다가 입을 열었다.

"그럼, 창작의 신을 만나봐야겠네."

한정수가 몸을 앞으로 기울이면서 물었다.

"진짜 있는 거예요?"

"물론이지. 내가 봤다고 했잖아."

하얀 이를 드러내며 웃는 구남훈에게 국어 선생님이 말했다.

"애들 진짜로 믿어요. 그만 좀 하세요."

"진짜라니까. 너는 왜 안 믿는데?"

"저도 몇 번 가봤죠. 안 나오던데요?"

"지훈아, 믿음을 가지라고 했잖아. 믿지 않으면 안 보여."

구남훈은 국어 선생님에게 이렇게 얘기하며 한정수를 바라봤다.

"너는 믿고 싶니? 아니면 안 믿고 싶니?"

마치 속내를 들여다보는 것 같은 구남훈의 물음에 한정수는 살짝 더듬거리며 대답했다.

"믿고 싶긴 해요."

"그런데 믿기지는 않는다?"

손가락을 좌우로 까닥거린 구남훈이 덧붙였다.

"창작의 신을 믿지 않는 건 자신을 믿지 않는 것과 비슷해."

"제가 저를 못 믿는다고요?"

"그래. 글을 쓰는 건 엄청난 용기와 노력이 필요해. 하지만 그에 비해 성과는 거의 안 나거나 지지부진하지. 글이라는 게 하는 만큼 늘지도 않거든."

"어떻게 해야 하나요?"

가장 묻고 싶었던 질문에 구남훈은 명쾌하게 대답했다.

"그래도 해야지. 창작의 신은 우리 안의 믿음을 상징하는 존재야. 꾸준히 글을 쓸 자기에 대한 믿음 말이야."

"그게 없으면 못 만나는 건가요?"

"내가 스스로 결심하고 글을 쓸 용기를 낼 때 창작의 신이 나타날 거야. 준비가 돼야 기회를 얻을 수 있지 않겠어? 결국 필요한 건 용기와 의지란 말이야."

한정수는 구남훈이 얘기한 용기와 의지라는 단어를 나지막하게 중얼거렸다. 얘기를 듣던 국어 선생님이 끼어들었다.

"저만 못 본 게 아니라 그때 문예반 전부가 다 못 봤어요. 철웅이랑 준희, 민아도 못 봤다고 했어요."

"내가 얘기한 규칙대로 안 해서 그런 거잖아. 밤 열두 시가 넘어갈 때, 코끼리 코를 세 번 하고 두 팔을 높이 치켜들고."

두 팔을 높이 치켜든 구남훈이 갑자기 외쳤다.

"창작의 신이시여. 저에게 찾아오소서!"

커피를 내리고 있던 학생이 깜짝 놀라서 이쪽을 바라봤다. 국어 선생님이 고개를 절레절레 흔드는 가운데 구남훈이 팔을 내리며 말했다.

"라고 세 번을 외치면 나타날 거야."

한정수는 남준혁을 슬쩍 바라봤다. 남준혁은 믿기지 않는다는 표정으로 고개를 살짝 저었다. 하지만 한정수는 속으로 무언가 결심했다. 그걸 본 국어 선생님이 말했다.

"구관의 도서관은 외부인 출입 금지야. 밤 열두 시까지 있을 수도 없고, 걸리면 어떻게 되는지 알지?"

"십오 일 동안 청소하고 반성문 써야죠."

"맞아. 이 선배는 옛날부터 뻥쟁이로 유명했어. 그래서 별명이 구라훈이었어. 거짓말을 정말 그럴듯하게 해서 말이야. 어느 정도였냐면, 그때도 '작가와의 만남'이 있었거든?"

얼굴을 찡그린 국어 선생님이 구남훈을 바라봤다.

"누구였죠?"

"최명준이었지."

구남훈이 씩 웃는 얼굴로 대답하자, 국어 선생님이 고개를 끄덕거렸다.

"강연 끝나고 작가와 잠깐 얘기하는데, 이 선배가 자기 집안 사정이 매우 어렵다고 뻥쳤어. 그러니까 최 작가가 힘내라고 지갑에서 오만 원을 꺼내서 주더라. 그리고 교장 선생님한테 전화해서 자기 강연료를 기부할 테니까 이 선배를 잘 돌봐주라고 했어."

"진짜요?"

놀란 한정수의 물음에 구남훈이 대답했다.

"그래서 교장 선생님한테 불려 가서 한참 혼났지. 그리고 최 작가한테 전화해서 미안하다고 하니까 자기를 속인 고딩은 네가 처음이라며 엄청나게 웃었어. 그래서 내 두 번째 장편소설의 추천사도 써줬지. 거기에도 그 내용이 나와. 정말 그럴싸하게 거짓말을 하니까 소설가로서는 최고의 자질을 가졌다고 말이야."

어이가 없어진 한정수가 입을 벌린 채 아무 말도 하지 못하자, 국어 선생님이 끼어들었다.

"무슨 상황인지 알겠지? 그러니까 밤중에 몰래 들어갈 생각하지 마라."

"네."

한정수는 짧게 대답하며 구남훈을 힐끔 바라봤다. 커피를 마시며 딴청을 피우던 그는 슬쩍 고개를 저었다. 그리고 눈빛을 살짝 반짝거렸는데 거짓말이 아니라 진짜라는 표시 같았다. 그런 구남훈에게 국어 선생님이 말했다.

"이제 농담은 그만하시고, 애들한테 도움이 될 만한 얘기를 좀 해주세요."

"그럴까? 안경 쓴 친구가 정수고, 키 큰 친구가 준혁이지?"

"네."

둘이 동시에 대답하자 구남훈이 불쑥 물었다.

"둘은 일주일에 책을 몇 권씩 읽니?"

대답은 한정수가 먼저 했다.

"작년까지는 일주일에 한 권 정도 읽었는데, 지금은 글을 쓰고 있어서 이 주에 한 권 정도 읽어요."

남준혁도 비슷한 대답을 했다. 그러자 커피잔을 내려놓고 곰곰이 생각하던 구남훈이 말했다.

“너무 적어. 나는 글을 한창 쓸 때도 일주일에 세 권씩은 읽었어.”

손가락을 세 개 펼쳤던 구남훈이 하나를 접었다.

“지금도 일주일에 두 권 정도는 읽어. 글을 잘 쓰려면 책을 많이 읽어야 해. 이 얘기를 하면 다들 비슷한 대답을 해. 글을 쓸 시간도 부족한데, 읽을 시간이 어디 있느냐고 말이야. 안 그래? 게다가 수능도 준비해야 하고 말이야.”

틀린 얘기는 아니라서 한정수는 뺨을 긁으며 고개를 끄덕거렸다. 남준혁 역시 뒤따라 고개를 끄덕이며 “네”라고 작게 대답했다. 그러자 구남훈이 손으로 책을 넘기는 시늉을 하면서 말했다.

“글을 쓰기 위해서 가장 중요한 건 문장력이야. 문장이라는 건 단어와 단어를 사슬처럼 엮은 거지. 절묘하게 단어들을 잘 엮으면 환상적인 문장이 되는 거야. 최소한 좋은 문장이라는 얘기를 들으려면 일단 다양한 단어를 알고 잘 조합할 수 있어야 해. 예를 들어서 ‘붉음’을 얘기할 때, 보통은 ‘붉다’라고 하지만 상황에 따라서는 ‘빨갛다’, ‘선홍색이다’, ‘핏빛이다’, ‘저녁노을 같다’, ‘장미꽃 같다’처럼 다양한 비유를 쓸 수 있어야 해. 아니, 그런 판단을 하려면 먼저 많은 단어를 알아야 하지. 그걸 일일이 사전에서 찾을 수는 없어. 문장을 쓰면서 생각하고 바로 실행에 옮겨야 한다고."

순식간에 진지하게 변한 구남훈의 이야기가 이어졌다.

"아까 얘기한 로그라인이나 캐릭터, 모두 문장력과 관련이 있어. 좋은 문장을 써야 캐릭터도 잘 묘사할 수 있고, 로그라인도 잘 풀어낼 수 있거든. 그러니까 지금은 무조건 책을 많이 읽어. 특히 구관에 있는 도서관에 좋은 책들이 많아."

다시 구관 도서관 얘기가 나오자, 국어 선생님조차 빵 터졌다. 그 틈에 구남훈의 이야기가 다시 이어졌다.

"글은 욕심을 버리고 써야 해. 목표를 생각하지 말라고."

"무슨 뜻이에요?"

한정수의 물음에 구남훈이 손가락으로 관자놀이를 툭툭 치면서 대답했다.

"사람의 두뇌는 정말 특이해서 말이야. 생각하지 말라고 하면 더 생각하게 되어 있어. 예를 들어서 누군가가 너한테 나는 사기꾼이 아니라고 하면 어떤 생각이 들까?"

잠시 생각하던 한정수가 대답했다.

"사기꾼일지 모르겠다고 생각할 거 같아요."

"맞아. 그러니까 부정적인 인상을 받으면 생각이 비관적으로 흘러가지. 보통 글을 쓰면 결과를 얻고 싶어 해. 신춘문예에 당선되든지 출판사에서 책을 출간하든지 말이야. 그런데 원하는 결과가 나오지 않으면 어떻게 될까? 자신이 부족하다고 생각할까, 아니면 내 글은 문제가 없는데 다른 이유가 있다고 생각할까?"

이번에도 생각에 잠긴 한정수는 작년 학교 축제 때 열린 백일장을 생각했다. 너무 잘 써서 뽑힐 줄 알았는데, 예선 탈락이었다. 그래서 누가 심사를 봤는지, 더럽게 볼 줄 모른다고 남준혁에게 투덜거리기도 했다. 알고 보니 백일장 심사위원은 구남훈 작가였다. 그 사실을 알고 나서야 탈락을 수긍했다. 구남훈 같은 대작가에게 뽑히지 못했다면 그럴 만한 이유가 있을 것이라고 인정한 것이다. 만약 구남훈이 심사를 본 줄 몰랐다면 분명 지금까지도 부정적인 기억이 남았을 것이다.

"아마 다른 이유가 있어서 제 글이 뽑히지 못했다고 생각할 거예요."

"맞아. 특히, 글을 오래 쓰면 쓸수록 그런 생각을 하게 돼 있어. 나는 그걸 주화입마라고 불러."

한정수 옆에 있던 남준혁이 끼어들었다.

"무협지에 나오는 얘기네요."

"잘 아네. 능력치 이상으로 욕심을 부리다가는 폐인이 되는 거지. 글도 마찬가지야. 내공이 부족한데 무리하게 목표를 세우고, 거기에 도달하지 못하면 남 탓을 하며 수련을 게을리하지. 그렇게 망가지고 문단에서 멀어진 사람을 너무나 많이 봤어. 솔직히 얘기하면……."

심각한 표정의 구남훈이 고백하듯 털어놨다.

"나 역시 고등학교 때 신춘문예에 당선되지 못했다면 주화입마를 겪었을지 몰라."

구남훈의 얘기를 들은 한정수가 끼어들었다.

"그러면 어떻게 욕심을 버려야 합니까?"

"생각하지 마. 이 글로 뭔가를 얻겠다는 욕심 말이야."

"그걸 버리면 뭐가 남는 거죠?"

"글이 남지. 밥을 먹고 잠을 자는 것처럼 글을 대해. 그냥 눈을 뜨면 글을 쓰고, 잠들기 전에 내일 쓸 글을 떠올리는 거지. 글은 쓰면 쓸수록 나아져."

잠자코 듣고 있던 남준혁이 물었다.

"정말이요?"

"그래. 나도 고등학교 들어올 때 쓴 글은 눈 뜨고 볼 수 없을 지경이었어. 지훈이한테 보여줬는데 그때 이 새끼 표정이 말이야."

구남훈이 국어 선생님 특유의 눈알 굴리는 시늉을 했다. 그러자 둘 다 배꼽을 잡고 웃었다. 머쓱해진 국어 선생님이 끼어들었다.

"아이, 제가 언제 그런 표정을 지었다고 그래요. 그냥 좀 놀란 것뿐이었어요."

"왜 놀랐는데?"

구남훈의 물음에 국어 선생님이 눈알을 한 바퀴 굴렸다.

"이 정도 글솜씨를 가지고 어떻게 문예반에 들어왔을까 하고요. 그리고 좀 기뻤어요."

"뭐가 기뻤는데?"

"밑에 한 명은 깔고 갈 수 있겠다고 생각했거든요."

국어 선생님 대답에 구남훈이 낄낄거렸다.

"그럴 줄 알았어."

"그런데 어느 날부터 마치 다른 사람처럼 글을 쓰셨잖아요. 다들 놀라서 수군거렸던 거 기억나요, 선배."

"물론이지. 유명한 작가한테 글을 받아서 자기가 쓴 것처럼 제출했다는 말을 들었지. 특히, 국어 선생님이 믿지 않았어."

"불려 가서 혼도 나고 그랬잖아요? 어린놈이 벌써 나쁜 짓만 한다고요."

"창작의 신 덕분에 실력이 일취월장했지. 내가 분명 얘기했는데 아무도 안 믿더라고."

"믿을 걸 믿어야죠. 어쨌든 그런 선배를 보고 저는 연필을 꺾었어요."

"요즘 누가 펜으로 글을 쓴다고 그런 얘기를 해?"

"문학적인 표현이잖아요? 아니, 작가가 아니면 그런 표현도 못 해요?"

국어 선생님 얘기에 구남훈이 어깨로 툭 치면서 대답했다.

"내 허락받고 써, 인마. 어쨌든 책을 많이 읽고, 아무 생각 없이 글을 계속 써야 해. 습작 기간이 길면 길수록 나중에 글을 쓸 때 큰 도움이 되는 법이야."

그 후에도 글을 쓸 때 도움이 될 만한 애기를 들려준 구남훈은 명함을 건네며 일어났다. 따라 일어난 국어 선생님이 말했다.

"시간 내줘서 고마워요, 선배."

"네가 부르면 와야지."

"내년에도 부탁드려요."

"그래. 미리 연락만 해. 날짜 빼놓을게."

국어 선생님의 어깨를 툭 친 구남훈이 어른들을 따라 일어난 둘에게 말했다.

"힘들고 어려운 일 있으면 알아서 해결해. 요즘 세상은 누구한테 기대하고 의지하는 거 아니야."

구남훈의 스타일에 어느 정도 익숙해진 한정수가 대답했다.

"꼭 연락드리겠습니다."

"그래. 다음 달에 북토크 하는데 거기 놀러 와라. 출판사 소개해 줄게."

"와! 고맙습니다."

둘이 얘기를 나누는 사이, 국어 선생님이 다급하게 휴대폰을 들여다봤다.

"교감 선생님 호출이네. 저 먼저 일어날게요."

“그래.”

미닫이 유리문 밖으로 나간 국어 선생님에게 손을 흔들어 인사한 구남훈이 한정수와 남준혁에게도 손을 내밀었다.

“열심히 해라. 둘 다.”

남준혁은 알겠다고 대답했고, 한정수가 악수하면서 물었다.

“창작의 신은 진짜 만날 수 있어요?”

악수하던 구남훈이 의미심장하게 웃었다.

“믿으면 만나는 거고, 안 믿으면 못 만나는 거야.”

“그런데 왜 창작의 신이 작가님을 만났을까요?”

한정수의 물음에 구남훈은 어깨를 으쓱거렸다.

“사실 코끼리 코를 잡고 돌긴 했지만 진짜 창작의 신이 나타날 거라고는 기대하지 않았어. 왜냐하면 그 뒤에는 그냥 글을 썼거든.”

“그런데도 만난 거예요? 창작의 신이 아무나 선택하는 게 아니라면서요?”

“돌이켜 보니까 말이야. 글을 대충 쓰고 있다는 생각은 사실이 아니었던 거 같아.”

“그럼요?”

"진심으로 열심히 쓰고 있었던 거지. 그런데 실패해서 상처받을까 봐, 나는 진지하게 쓰는 건 아니라고 생각하는 거야."

구남훈의 얘기를 들으면서 한정수는 자신 역시 비슷한 상황이 아닐지 생각했다. 그런 고민을 억누른 채 다음 질문을 했다.

"만나면 뭘 물어보면 돼요?"

"생각해 보니까 말이야. 만나는 거 자체가 중요하더라."

"자체가요?"

"그래. 창작의 신이 내 눈에 보인다는 것 자체가 신의 가호를 받았다는 뜻이잖아. 내가 글을 쓰는데, 창작의 신이 지켜본다고 생각하면 어떨 것 같아?"

"상상이 안 가요."

한정수의 얘기를 들으며 악수하던 손을 풀고 구남훈이 대답했다.

"엄청 든든해. 지금 안 풀려도 언젠가는 풀릴 것이라는 막연한 기대가 생기지. 그 정도면 충분하더라."

한정수의 어깨를 툭 친 구남훈이 덧붙였다.

"잘 있어라."

"안녕히 가세요."

고개를 숙여 인사한 한정수는 카페 밖으로 나가는 구남훈의 뒷모습을 물끄러미 바라봤다. 그런 한정수에게 남준혁이 슬쩍 말했다.

“그거 알아?”

“뭐?”

“다음 주에 별 찾기 축제하는 거.”

“그게 다음 주였나?”

“다음 주 수요일. 그때 하늘을 관측하기 좋다고 했잖아. 운동장이랑 옥상에 천체망원경 가져다 놓고 보잖아. 밤새도록.”

남준혁의 얘기를 들은 한정수가 물었다.

“밤새?”

“그래. 구관 옥상으로 올라가는 계단 바로 옆이 옛날 도서관이잖아.”

“딱 일주일 후네.”

한정수의 대답을 들은 남준혁이 어깨에 손을 올리며 말했다.

“신을 만나러 갈 시간이 있을 거야.”

일주일 후 저녁, 학교에는 어둠이 찾아왔지만, 빛이 여전히 버텼다. 운동장 한쪽 구석에 루미나리에가 반짝거렸다. 교문에서 경광봉을 들고 학생들에게 방향을 안내하던 국어 선생님이 투덜거렸다.

"우리 때는 말이야. 진짜 장작을 태워 캠프파이어를 했거든. 요새는 낭만이 없어, 낭만이."

그러거나 말거나 학생들은 신이 나서 이리저리 돌아다녔다. 이십 년 전, 뜬금없게도 한서예고 출신의 천문학자가 탄생했다. 그리고 그 천문학자는 자신이 발견한 별에 정말 뜬금없이 한서라는 이름을 붙였다. 그걸 기념하기 위해서 한서예고는 매년 하루를 지정해 그 행성을 찾는 행사를 해왔다. 별을 찾아야 하니까 행사는 당연히 한밤중에 개최되었고, 밤새 이어졌다. 다만, 학생들이 별 찾기보다는 여기저기 돌아다니고 모여서 이야기하는 걸 좋아하는 탓에 선생님들은 이 행사를 그다지 좋아하지 않았다. 답답한 교복 대신 자유복을 입을 수 있고, 공부하고 실습하던 공간을 마음 놓고 다닐 수 있어서 다들 신나게 돌아다녔다.

한정수와 남준혁은 옥상에 있는 망원경으로 별을 찾는다는 핑계로 구관 계단을 올라갔다. 야광 테이프를 쳐서 다른 곳에는 들어가지 못하고 계단만 올라가게 돼 있었는데, 둘은 천천히 올라가면서 주변을 살펴봤다. 그러다가 옛날 도서관이 있는 사 층에 도착해서도 두리번거렸다. 다행히 학생들이나 선생님들은 보이지 않았다. 야광 테이프 아래쪽으로 기어서 복도로 들어온 한정수는 휴대폰의 조명을 켰다. 복도의 어둠이 빛에 밀려나면서 어렴풋하게나마 앞을 볼 수 있었다. 조심스럽게 불빛을 비춰보다가 걸음을 멈췄다.

"여기야. 옛날 도서관."

나무로 된 미닫이문 위에는 도서실이라는 팻말이 붙어 있었다. 그걸 올려다보는 한정수에게 남준혁이 물었다.

"진짜 들어갈 거야?"

휴대폰 조명을 계속 들고 있던 한정수가 대답했다.

"창작의 신을 만나봐야지. 내 운명을 위해서."

"그럼, 잘 들어가. 나는 여기서 지켜볼게."

"같이 들어가지 않고?"

"솔직히 나는 창작의 신을 만나도 골치 아파. 계속 글만 쓰라고 하면 곤란하거든."

한정수의 어깨를 토닥거린 남준혁이 어서 들어가 보라며 등을 떠밀었다. 미닫이문을 열고 안으로 들어간 한정수는 싸늘함과 고요함에 잠시 주저했다. 하지만 글을 쓰고 싶어서 한서예고의 문예반에 들어온 것을 떠올렸다.

'용기를 내야지.'

힘주어 중얼거린 한정수는 어두컴컴한 도서관 안쪽을 돌아봤다. 불이 꺼져 있고, 창문에도 커튼을 쳐놓은 탓에 어둠이 한층 깊었다. 한정수는 조심스럽게 가운데로 가서 휴대폰을 들여다봤다.

'열한 시 오십구 분이네.'

잠시 후, 숫자가 십이로 바뀌자, 휴대폰을 바닥에 내려놓고 손으로 코를 쥔 채 허리를 굽혔다. 세 바퀴를 빙빙 돈 다음에 허리를 펴고 두 손을 위로 쫙 펼쳤다. 그리고 힘껏 외쳤다.

"창작의 신이시여! 저에게 오소서!"

어두운 도서실 안으로 한정수의 목소리가 울려 퍼졌다. 그리고 창작의 신을 기다렸다. 아무 반응이나 변화가 없자 한정수는 코를 훌쩍거렸다.

'어두워도 민망하네.'

뭘 빼먹었는지 생각하면서 다시 해볼까 했는데, 어디선가 부스럭거리는 소리가 들려와 귀를 쫑긋 세웠다.

'어, 어디지?'

이리저리 돌아보던 한정수는 소리가 난 곳을 찾았다. 모퉁이에 있는 서가 쪽에서 빛이 비치고 책장을 넘기는 것 같은, 알 수 없는 소리가 작게 들려왔다.

'저, 저긴가?'

조심스럽게 그쪽으로 다가가던 한정수는 갑작스럽게 들려오는 웃음소리에 화들짝 놀랐다.

"뭐, 뭐야!"

서가 사이에는 남색 상의에 회색 주름치마 교복을 입은 여학생이 서 있었다. 목에는 여학생들이 매는 노란색 리본이 달려 있었다.

"어?"

놀란 한정수가 내뱉은 소리를 들었는지 여학생이 고개를 돌렸다. 초롱초롱한 눈과 반짝거리는 피부가 사람 같지 보이지 않았다. 한정수가 용기를 내서 물었다.

"저, 혹시?"

"창작의 신을 부른 게 너였니?"

책을 덮은 여학생의 물음에 한정수는 고개를 끄덕거렸다. 종종걸음으로 다가온 여학생이 물었다.

"왜?"

"그, 글을 잘 쓰고 싶어서요."

"글을 잘 써서 어디다 써먹게? 요즘 그걸로 돈 못 벌어."

"돈을 버는 게 목적이 아니라 제가 쓴 글로 사람들을 행복하게 해주고 싶어요."

"가장 중요한 건 네가 행복해지는 거야. 글을 쓰는 건 정말 쉽지 않은 일이거든."

여학생의 얘기에 한정수는 생각에 잠겼다. 그런 한정수에게 여학생이 물었다.

"글을 잘 쓰면 행복해질 거 같아?"

잠시 생각하던 한정수는 고개를 끄덕거렸다.

"초등학생 때 백일장에서 상을 받은 적이 있었어요. 정말 구름 위를 걷는 기분이었어요. 그때 깨달았어요. 나는 평생 글을 쓰면서 살아야 한다는 사실을요."

한정수의 대답을 들은 여학생이 빙그레 웃었다.

"예전에 너처럼 날 찾아온 학생이 있었어. 재능은 없었지만,

열의는 누구보다 컸지. 글을 쓸 수 있는 운명은 그런 사람에게 찾아가. 너한테도 가호를 내려줄게. 글을 잘 써서 사람들을 행복하게 해줘. 그리고 너도 행복하고."

얘기를 마친 여학생이 손을 입가로 모으고 가볍게 바람을 불었다. 깜짝 놀란 한정수가 중얼거렸다.

"따뜻하네."

어느덧 여학생은 빛에 둘러싸여서 희미해져 갔다. 잘 있으라며 손을 흔든 여학생은 한 줌의 빛이 되었다가 어둠 속으로 사라졌다. 어둠 속에 잠시 우두커니 서 있던 한정수는 조용히 밖으로 나갔다. 기다리고 있던 남준혁이 한정수를 바라보며 씩 웃었다.

"짜식, 만났구나."

한정수는 웃음으로 대답을 대신했다.

생각학교 클클문고

내 인생의 스포트라이트

초판 1쇄 인쇄 2024년 6월 3일
초판 1쇄 발행 2024년 6월 8일

지은이 | 정명섭 · 조경아 · 천지윤 · 최하나

발행인 | 박재호
주간 | 김선경
편집팀 | 강혜진, 허지희
마케팅팀 | 김용범
총무팀 | 김명숙

디자인 | 석운디자인
일러스트 | 기유
교정교열 | 김선례
종이 | 세종페이퍼
인쇄·제본 | 한영문화사

발행처 | 생각학교
출판신고 | 제25100-2011-000321호
주소 | 서울시 마포구 양화로 156(동교동) LG 팰리스 814호
전화 | 02-334-7932 팩스 | 02-334-7933
전자우편 | 3347932@gmail.com

ISBN 979-11-93811-17-7 (43810)